Ludwig Tieck
Drei Erzählungen

I0666025

fabula Verlag Hamburg

ISBN: 978-3-95855-387-3
Druck: fabula Verlag Hamburg, 2018

Der fabula Verlag Hamburg ist ein Imprint der Diplomica Verlag GmbH.
Bibliografische Information der Deutschen Nationalbibliothek:
Die Deutsche Nationalbibliothek verzeichnet diese Publikation in der Deutschen Nationalbibliografie; detaillierte bibliografische Daten sind im Internet
über http://dnb.d-nb.de abrufbar.

Ludwig Tieck

Drei Erzählungen

 fabula

Inhalt

Der blonde Eckbert

In einer Gegend des Harzes wohnte ein Ritter, den man gewöhnlich nur den blonden Eckbert nannte. Er war ohngefähr vierzig Jahr alt, kaum von mittler Größe, und kurze hellblonde Haare lagen schlicht und dicht an seinem blassen eingefallenen Gesichte. Er lebte sehr ruhig für sich und war niemals in den Fehden seiner Nachbarn verwickelt, auch sah man ihn nur selten außerhalb den Ringmauern seines kleinen Schlosses. Sein Weib liebte die Einsamkeit ebensosehr, und beide schienen sich von Herzen zu lieben, nur klagten sie gewöhnlich darüber, dass der Himmel ihre Ehe mit keinen Kindern segnen wolle.

Nur selten wurde Eckbert von Gästen besucht, und wenn es auch geschah, so wurde ihretwegen fast nichts in dem gewöhnlichen Gange des Lebens geändert, die Mäßigkeit wohnte dort, und die Sparsamkeit selbst schien alles anzuordnen. Eckbert war alsdann heiter und aufgeräumt, nur wenn er allein war, bemerkte man an ihm eine gewisse Verschlossenheit, eine stille zurückhaltende Melancholie.

Niemand kam so häufig auf die Burg als Philipp Walther, ein Mann, dem sich Eckbert angeschlossen hatte, weil er an diesem ohngefähr dieselbe Art zu denken fand, der auch er am meisten zugetan war. Dieser wohnte eigentlich in Franken, hielt sich aber oft über ein halbes Jahr in der Nähe von Eckberts Burg auf, sammelte Kräuter und Steine, und beschäftigte sich damit, sie in Ordnung zu bringen, er lebte von einem kleinen Vermögen und war von niemand abhängig. Eckbert begleitete ihn oft auf seinen einsamen

Spaziergängen, und mit jedem Jahre entspann sich zwischen ihnen eine innigere Freundschaft.

Es gibt Stunden, in denen es den Menschen ängstigt, wenn er vor seinem Freunde ein Geheimnis haben soll, was er bis dahin oft mit vieler Sorgfalt verborgen hat, die Seele fühlt dann einen unwiderstehlichen Trieb, sich ganz mitzuteilen, dem Freunde auch das Innerste aufzuschließen, damit er um so mehr unser Freund werde. In diesen Augenblicken geben sich die zarten Seelen einander zu erkennen, und zuweilen geschieht es wohl auch, dass einer vor der Bekanntschaft des andern zurückschreckt.

Es war schon im Herbst, als Eckbert an einem neblichten Abend mit seinem Freunde und seinem Weibe Bertha um das Feuer eines Kamines saß. Die Flamme warf einen hellen Schein durch das Gemach und spielte oben an der Decke, die Nacht sah schwarz zu den Fenstern herein, und die Bäume draußen schüttelten sich vor nasser Kälte. Walther klagte über den weiten Rückweg, den er habe, und Eckbert schlug ihm vor, bei ihm zu bleiben, die halbe Nacht unter traulichen Gesprächen hinzubringen, und dann in einem Gemache des Hauses bis am Morgen zu schlafen. Walther ging den Vorschlag ein, und nun ward Wein und die Abendmahlzeit hereingebracht, das Feuer durch Holz vermehrt, und das Gespräch der Freunde heitrer und vertraulicher.

Als das Abendessen abgetragen war, und sich die Knechte wieder entfernt hatten, nahm Eckbert die Hand Walthers und sagte: »Freund, Ihr solltet Euch einmal von meiner Frau die Geschichte ihrer Jugend erzählen lassen, die seltsam genug ist.« – »Gern«, sagte Walther, und man setzte sich wieder um den Kamin.

Es war jetzt gerade Mitternacht, der Mond sah abwechselnd durch die vorüberflatternden Wolken. »Ihr müsst mich nicht für zudringlich halten«, fing Bertha an, »mein

Mann sagt, dass Ihr so edel denkt, dass es unrecht sei, Euch etwas zu verhehlen. Nur haltet meine Erzählung für kein Märchen, so sonderbar sie auch klingen mag.

Ich bin in einem Dorfe geboren, mein Vater war ein armer Hirte. Die Haushaltung bei meinen Eltern war nicht zum besten bestellt, sie wussten sehr oft nicht, wo sie das Brot hernehmen sollten. Was mich aber noch weit mehr jammerte, war, dass mein Vater und meine Mutter sich oft über ihre Armut entzweiten, und einer dem andern dann bittere Vorwürfe machte. Sonst hört ich beständig von mir, dass ich ein einfältiges dummes Kind sei, das nicht das unbedeutendste Geschäft auszurichten wisse, und wirklich war ich äußerst ungeschickt und unbeholfen, ich ließ alles aus den Händen fallen, ich lernte weder nähen noch spinnen, ich konnte nichts in der Wirtschaft helfen, nur die Not meiner Eltern verstand ich sehr gut. Oft saß ich dann im Winkel und füllte meine Vorstellungen damit an, wie ich ihnen helfen wollte, wenn ich plötzlich reich würde, wie ich sie mit Gold und Silber überschütten und mich an ihrem Erstaunen laben möchte, dann sah ich Geister heraufschweben, die mir unterirdische Schätze entdeckten, oder mir kleine Kiesel gaben, die sich in Edelsteine verwandelten, kurz, die wunderbarsten Phantasien beschäftigten mich, und wenn ich nun aufstehn musste, um irgend etwas zu helfen, oder zu tragen, so zeigte ich mich noch viel ungeschickter, weil mir der Kopf von allen den seltsamen Vorstellungen schwindelte.

Mein Vater war immer sehr ergrimmt auf mich, dass ich eine so ganz unnütze Last des Hauswesens sei, er behandelte mich daher oft ziemlich grausam, und es war selten, dass ich ein freundliches Wort von ihm vernahm. So war ich ungefähr acht Jahr alt geworden, und es wurden nun ernstliche Anstalten gemacht, dass ich etwas tun, oder lernen sollte. Mein Vater glaubte, es wäre nur Eigensinn oder

Trägheit von mir, um meine Tage in Müßiggang hinzubringen, genug, er setzte mir mit Drohungen unbeschreiblich zu, da diese aber doch nichts fruchteten, züchtigte er mich auf die grausamste Art, indem er sagte, dass diese Strafe mit jedem Tage wiederkehren sollte, weil ich doch nur ein unnützes Geschöpf sei.

Die ganze Nacht hindurch weint ich herzlich, ich fühlte mich so außerordentlich verlassen, ich hatte ein solches Mitleid mit mir selber, dass ich zu sterben wünschte. Ich fürchtete den Anbruch des Tages, ich wusste durchaus nicht, was ich anfangen sollte, ich wünschte mir alle mögliche Geschicklichkeit und konnte gar nicht begreifen, warum ich einfältiger sei, als die übrigen Kinder meiner Bekanntschaft. Ich war der Verzweiflung nahe.

Als der Tag graute, stand ich auf und eröffnete, fast ohne dass ich es wusste, die Tür unsrer kleinen Hütte. Ich stand auf dem freien Felde, bald darauf war ich in einem Walde, in den der Tag kaum noch hineinblickte. Ich lief immerfort, ohne mich umzusehn, ich fühlte keine Müdigkeit, denn ich glaubte immer, mein Vater würde mich noch wieder einholen, und, durch meine Flucht gereizt, mich noch grausamer behandeln.

Als ich aus dem Walde wieder heraustrat, stand die Sonne schon ziemlich hoch, ich sah jetzt etwas Dunkles vor mir liegen, welches ein dichter Nebel bedeckte. Bald musste ich über Hügel klettern, bald durch einen zwischen Felsen gewundenen Weg gehn, und ich erriet nun, dass ich mich wohl in dem benachbarten Gebirge befinden müsse, worüber ich anfing mich in der Einsamkeit zu fürchten. Denn ich hatte in der Ebene noch keine Berge gesehn, und das bloße Wort Gebirge, wenn ich davon hatte reden hören, war meinem kindischen Ohr ein fürchterlicher Ton gewesen. Ich hatte nicht das Herz zurückzugehn, meine Angst trieb mich vorwärts; oft sah ich mich erschrocken um, wenn der Wind über mir weg durch die Bäume fuhr, oder ein ferner Holzschlag weit durch den stillen Morgen hintönte. Als mir Köhler und Bergleute endlich begegneten und ich eine fremde Aussprache hörte, wäre ich vor Entsetzen fast in Ohnmacht gesunken.

Ich kam durch mehrere Dörfer und bettelte, weil ich jetzt Hunger und Durst empfand, ich half mir so ziemlich mit meinen Antworten durch, wenn ich gefragt wurde. So war ich ohngefähr vier Tage fortgewandert, als ich auf einen kleinen Fußsteig geriet, der mich von der großen Straße immer mehr entfernte. Die Felsen um mich her gewannen jetzt eine andre, weit seltsamere Gestalt. Es waren Klippen, so aufeinandergepackt, dass es das Ansehn hatte, als wenn sie der erste Windstoß durcheinanderwerfen würde. Ich wusste nicht, ob ich weitergehn sollte. Ich hatte des Nachts immer im Walde geschlafen, denn es war gerade zur schönsten Jahrszeit, oder in abgelegenen Schäferhütten; hier traf ich aber gar keine menschliche Wohnung, und konnte auch nicht vermuten, in dieser Wildnis auf eine zu stoßen; die Felsen wurden immer furchtbarer, ich musste oft dicht an schwindlichten Abgründen vorbeigehn, und endlich hörte sogar der Weg unter meinen Füßen auf. Ich war ganz trostlos, ich weinte und schrie, und in den Felsentälern hallte meine Stimme auf eine schreckliche Art zurück. Nun brach die Nacht herein, und ich suchte mir eine Moosstelle aus, um dort zu ruhn. Ich konnte nicht schlafen; in der Nacht hörte ich die seltsamsten Töne, bald hielt ich es für wilde Tiere, bald für den Wind, der durch die Felsen klage, bald für fremde Vögel. Ich betete, und ich schlief nur spät gegen Morgen ein.

Ich erwachte, als mir der Tag ins Gesicht schien. Vor mir war ein steiler Felsen, ich kletterte in der Hoffnung hinauf, von dort den Ausgang aus der Wildnis zu entdecken, und vielleicht Wohnungen oder Menschen gewahr zu werden.

Als ich aber oben stand, war alles, so weit nur mein Auge reichte, ebenso, wie um mich her, alles war mit einem neblichten Dufte überzogen, der Tag war grau und trübe, und keinen Baum, keine Wiese, selbst kein Gebüsch konnte mein Auge erspähn, einzelne Sträucher ausgenommen, die einsam und betrübt in engen Felsenritzen emporgeschossen waren. Es ist unbeschreiblich, welche Sehnsucht ich empfand, nur eines Menschen ansichtig zu werden, wäre es auch, dass ich mich vor ihm hätte fürchten müssen. Zugleich fühlte ich einen peinigenden Hunger, ich setzte mich nieder und beschloss zu sterben. Aber nach einiger Zeit trug die Lust zu leben dennoch den Sieg davon, ich raffte mich auf und ging unter Tränen, unter abgebrochenen Seufzern den ganzen Tag hindurch; am Ende war ich mir meiner kaum noch bewusst, ich war müde und erschöpft, ich wünschte kaum noch zu leben, und fürchtete doch den Tod.

Gegen Abend schien die Gegend umher etwas freundlicher zu werden, meine Gedanken, meine Wünsche lebten wieder auf, die Lust zum Leben erwachte in allen meinen Adern. Ich glaubte jetzt das Gesause einer Mühle aus der Ferne zu hören, ich verdoppelte meine Schritte, und wie wohl, wie leicht ward mir, als ich endlich wirklich die Grenzen der öden Felsen erreichte; ich sah Wälder und Wiesen mit fernen angenehmen Bergen wieder vor mir liegen. Mir war, als wenn ich aus der Hölle in ein Paradies getreten wäre, die Einsamkeit und meine Hülflosigkeit schienen mir nun gar nicht fürchterlich.

Statt der gehofften Mühle stieß ich auf einen Wasserfall, der meine Freude freilich um vieles minderte; ich schöpfte mit der Hand einen Trunk aus dem Bache, als mir plötzlich war, als höre ich in einiger Entfernung ein leises Husten. Nie bin ich so angenehm überrascht worden, als in diesem Augenblick, ich ging näher und ward an der Ecke des

Waldes eine alte Frau gewahr, die auszuruhen schien. Sie war fast ganz schwarz gekleidet und eine schwarze Kappe bedeckte ihren Kopf und einen großen Teil des Gesichtes, in der Hand hielt sie einen Krückenstock.

Ich näherte mich ihr und bat um ihre Hülfe; sie ließ mich neben sich niedersetzen und gab mir Brot und etwas Wein. Indem ich aß, sang sie mit kreischendem Ton ein geistliches Lied. Als sie geendet hatte, sagte sie mir, ich möchte ihr folgen.

Ich war über diesen Antrag sehr erfreut, so wunderlich mir auch die Stimme und das Wesen der Alten vorkam. Mt ihrem Krückenstocke ging sie ziemlich behende, und bei jedem Schritte verzog sie ihr Gesicht so, dass ich im Anfange darüber lachen musste. Die wilden Felsen traten immer weiter hinter uns zurück, wir gingen über eine angenehme Wiese, und dann durch einen ziemlich langen Wald. Als wir heraustraten, ging die Sonne gerade unter, und ich werde den Anblick und die Empfindung dieses Abends nie vergessen. In das sanfteste Rot und Gold war alles verschmolzen, die Bäume standen mit ihren Wipfeln in der Abendröte, und über den Feldern lag der entzückende Schein, die Wälder und die Blätter der Bäume standen still, der reine Himmel sah aus wie ein aufgeschlossenes Paradies, und das Rieseln der Quellen und von Zeit zu Zeit das Flüstern der Bäume tönte durch die heitre Stille wie in wehmütiger Freude. Meine junge Seele bekam jetzt zuerst eine Ahndung von der Welt und ihren Begebenheiten. Ich vergaß mich und meine Führerin, mein Geist und meine Augen schwärmten nur zwischen den goldnen Wolken.

Wir stiegen nun einen Hügel hinan, der mit Birken bepflanzt war, von oben sah man in ein grünes Tal voller Birken hinein, und unten mitten in den Bäumen lag eine kleine Hütte. Ein munteres Bellen kam uns entgegen, und bald sprang ein kleiner behender Hund die Alte an, und wedelte, dann kam er zu mir, besah mich von allen Seiten, und kehrte mit freundlichen Gebärden zur Alten zurück.

Als wir vom Hügel heruntergingen, hörte ich einen wunderbaren Gesang, der aus der Hütte zu kommen schien, wie von einem Vogel, es sang also:

>*Waldeinsamkeit,*
Die mich erfreut,
So morgen wie heut
In ewger Zeit,
O wie mich freut
Waldeinsamkeit.<

Diese wenigen Worte wurden beständig wiederholt; wenn ich es beschreiben soll, so war es fast, als wenn Waldhorn und Schalmeie ganz in der Ferne durcheinanderspielen.

Meine Neugier war außerordentlich gespannt; ohne dass ich auf den Befehl der Alten wartete, trat ich mit in die Hütte. Die Dämmerung war schon eingebrochen, alles war ordentlich aufgeräumt, einige Becher standen auf einem Wandschranke, fremdartige Gefäße auf einem Tische, in einem glänzenden Käfig hing ein Vogel am Fenster, und er war es wirklich, der die Worte sang. Die Alte keichte und hustete, sie schien sich gar nicht wieder erholen zu können, bald streichelte sie den kleinen Hund, bald sprach sie mit dem Vogel, der ihr nur mit seinem gewöhnlichen Liede Antwort gab; übrigens tat sie gar nicht, als wenn ich zugegen wäre. Indem ich sie so betrachtete, überlief mich mancher Schauer: denn ihr Gesicht war in einer ewigen Bewegung, indem sie dazu wie vor Alter mit dem Kopfe schüttelte, so dass ich durchaus nicht wissen konnte, wie ihr eigentliches Aussehn beschaffen war.

Als sie sich erholt hatte, zündete sie Licht an, deckte einen ganz kleinen Tisch und trug das Abendessen auf.

Jetzt sah sie sich nach mir um, und hieß mir einen von den geflochtenen Rohrstühlen nehmen. So saß ich ihr nun dicht gegenüber und das Licht stand zwischen uns. Sie faltete ihre knöchernen Hände und betete laut, indem sie ihre Gesichtsverzerrungen machte, so dass es mich beinahe wieder zum Lachen gebracht hätte; aber ich nahm mich sehr in acht, um sie nicht zu erbosen.

Nach dem Abendessen betete sie wieder, und dann wies sie mir in einer niedrigen und engen Kammer ein Bett an; sie schlief in der Stube. Ich blieb nicht lange munter, ich war halb betäubt, aber in der Nacht wachte ich einigemal auf, und dann hörte ich die Alte husten und mit dem Hunde sprechen, und den Vogel dazwischen, der im Traum zu sein schien, und immer nur einzelne Worte von seinem Liede sang. Das machte mit den Birken, die vor dem Fenster rauschten, und mit dem Gesang einer entfernten Nachtigall ein so wunderbares Gemisch, dass es mir immer nicht war, als sei ich erwacht, sondern als fiele ich nur in einen andern noch seltsamem Traum.

Am Morgen weckte mich die Alte, und wies mich bald nachher zur Arbeit an. Ich musste spinnen, und ich begriff es auch bald, dabei hatte ich noch für den Hund und für den Vogel zu sorgen. Ich lernte mich schnell in die Wirtschaft finden, und alle Gegenstände umher wurden mir bekannt; nun war mir, als müsste alles so sein, ich dachte gar nicht mehr daran, dass die Alte etwas Seltsames an sich habe, dass die Wohnung abenteuerlich und von allen Menschen entfernt liege, und dass an dem Vogel etwas Außerordentliches sei. Seine Schönheit fiel mir zwar immer auf, denn seine Federn glänzten mit allen möglichen Farben, das schönste Hellblau und das brennendste Rot wechselten an seinem Halse und Leibe, und wenn er sang, blähte er sich stolz auf, so dass sich seine Federn noch prächtiger zeigten.

Oft ging die Alte aus und kam erst am Abend zurück, ich ging ihr dann mit dem Hunde entgegen, und sie nannte mich Kind und Tochter. Ich ward ihr endlich von Herzen gut, wie sich unser Sinn denn an alles, besonders in der Kindheit, gewöhnt. In den Abendstunden lehrte sie mich lesen, ich fand mich leicht in die Kunst, und es ward nachher in meiner Einsamkeit eine Quelle von unendlichem Vergnügen, denn sie hatte einige alte geschriebene Bücher, die wunderbare Geschichten enthielten.

Die Erinnerung an meine damalige Lebensart ist mir noch bis jetzt immer seltsam: von keinem menschlichen Geschöpfe besucht, nur in einem so kleinen Familienzirkel einheimisch, denn der Hund und der Vogel machten denselben Eindruck auf mich, den sonst nur längst gekannte Freunde hervorbringen. Ich habe mich immer nicht wieder auf den seltsamen Namen des Hundes besinnen können, sooft ich ihn auch damals nannte.

Vier Jahre hatte ich so mit der Alten gelebt, und ich mochte ohngefähr zwölf Jahr alt sein, als sie mir endlich mehr vertraute, und mir ein Geheimnis entdeckte. Der Vogel legte nämlich an jedem Tage ein Ei, in dem sich eine Perl oder ein Edelstein befand. Ich hatte schon immer bemerkt, dass sie heimlich in dem Käfige wirtschafte, mich aber nie genauer darum bekümmert. Sie trug mir jetzt das Geschäft auf, in ihrer Abwesenheit diese Eier zu nehmen und in den fremdartigen Gefäßen wohl zu verwahren. Sie ließ mir meine Nahrung zurück, und blieb nun länger aus, Wochen, Monate; mein Rädchen schnurrte, der Hund bellte, der wunderbare Vogel sang und dabei war alles so still in der Gegend umher, dass ich mich in der ganzen Zeit keines Sturmwindes, keines Gewitters erinnere. Kein Mensch verirrte sich dorthin, kein Wild kam unserer Behausung nahe, ich war zufrieden und arbeitete mich von einem Tage zum andern hinüber. – Der Mensch wäre vielleicht recht glücklich, wenn er so ungestört sein Leben bis ans Ende fortfahren könnte.

Aus dem wenigen, was ich las, bildete ich mir ganz wunderliche Vorstellungen von der Welt und den Menschen, alles war von mir und meiner Gesellschaft hergenommen: wenn von lustigen Leuten die Rede war, konnte ich sie mir nicht anders vorstellen wie den kleinen Spitz, prächtige Damen sahen immer wie der Vogel aus, alle alte Frauen wie meine wunderliche Alte. Ich hatte auch von Liebe etwas gelesen, und spielte nun in meiner Phantasie seltsame Geschichten mit mir selber. Ich dachte mir den schönsten Ritter von der Welt, ich schmückte ihn mit allen Vortrefflichkeiten aus, ohne eigentlich zu wissen, wie er nun nach allen meinen Bemühungen aussah – aber ich konnte ein rechtes Mitleid mit mir selber haben, wenn er mich nicht wieder liebte; dann sagte ich lange rührende Reden in Gedanken her, zuweilen auch wohl laut, um ihn nur zu gewinnen. – Ihr lächelt! wir sind jetzt freilich alle über diese Zeit der Jugend hinüber.

Es war mir jetzt lieber, wenn ich allein war, denn alsdann war ich selbst die Gebieterin im Hause. Der Hund liebte mich sehr und tat alles was ich wollte, der Vogel antwortete mir in seinem Liede auf alle meine Fragen, mein Rädchen drehte sich immer munter, und so fühlte ich im Grunde nie einen Wunsch nach Veränderung. Wenn die Alte von ihren langen Wanderungen zurückkam, lobte sie meine Aufmerksamkeit, sie sagte, dass ihre Haushaltung, seit ich dazugehöre, weit ordentlicher geführt werde, sie freute sich über mein Wachstum und mein gesundes Aussehn, kurz, sie ging ganz mit mir wie mit einer Tochter um.

>Du bist brav, mein Kind!< sagte sie einst zu mir mit einem schnurrenden Tone; >wenn du so fortfährst, wird es dir auch immer gut gehn: aber nie gedeiht es, wenn man von der rechten Bahn abweicht, die Strafe folgt nach, wenn

auch noch so spät.‹ – Indem sie das sagte, achtete ich eben nicht sehr darauf, denn ich war in allen meinen Bewegungen und meinem ganzen Wesen sehr lebhaft; aber in der Nacht fiel es mir wieder ein, und ich konnte nicht begreifen, was sie damit hatte sagen wollen. Ich überlegte alle Worte genau, ich hatte wohl von Reichtümern gelesen, und am Ende fiel mir ein, dass ihre Perlen und Edelsteine wohl etwas Kostbares sein könnten. Dieser Gedanke wurde mir bald noch deutlicher. Aber was konnte sie mit der rechten Bahn meinen? Ganz konnte ich den Sinn ihrer Worte noch immer nicht fassen.

Ich war jetzt vierzehn Jahr alt, und es ist ein Unglück für den Menschen, dass er seinen Verstand nur darum bekömmt, um die Unschuld seiner Seele zu verlieren. Ich begriff nämlich wohl, dass es nur auf mich ankomme, in der Abwesenheit der Alten den Vogel und die Kleinodien zu nehmen, und damit die Welt, von der ich gelesen hatte, aufzusuchen. Zugleich war es mir dann vielleicht möglich, den überaus schönen Ritter anzutreffen, der mir immer noch im Gedächtnisse lag.

Im Anfange war dieser Gedanke nichts weiter als jeder andre Gedanke, aber wenn ich so an meinem Rade saß, so kam er mir immer wider Willen zurück, und ich verlor mich so in ihm, dass ich mich schon herrlich geschmückt sah, und Ritter und Prinzen um mich her. Wenn ich mich so vergessen hatte, konnte ich ordentlich betrübt werden, wenn ich wieder aufschaute, und mich in der kleinen Wohnung antraf. Übrigens, wenn ich meine Geschäfte tat, bekümmerte sich die Alte nicht weiter um mein Wesen.

An einem Tage ging meine Wirtin wieder fort, und sagte mir, dass sie diesmal länger als gewöhnlich ausbleiben werde, ich solle ja auf alles ordentlich achtgeben und mir die Zeit nicht lang werden lassen. Ich nahm mit einer gewissen Bangigkeit von ihr Abschied, denn es war mir, als würde ich sie nicht wiedersehn. Ich sah ihr lange nach und wusste selbst nicht, warum ich so beängstigt war; es war fast, als wenn mein Vorhaben schon vor mir stände, ohne mich dessen deutlich bewusst zu sein.

Nie hab ich des Hundes und des Vogels mit einer solchen Emsigkeit gepflegt, sie lagen mir näher am Herzen, als sonst. Die Alte war schon einige Tage abwesend, als ich mit dem festen Vorsatze aufstand, mit dem Vogel die Hütte zu verlassen, und die sogenannte Welt aufzusuchen. Es war mir enge und bedrängt zu Sinne, ich wünschte wieder dazubleiben, und doch war mir der Gedanke widerwärtig; es war ein seltsamer Kampf in meiner Seele, wie ein Streiten von zwei widerspenstigen Geistern in mir. In einem Augenblicke kam mir die ruhige Einsamkeit so schön vor, dann entzückte mich wieder die Vorstellung einer neuen Welt, mit allen ihren wunderbaren Mannigfaltigkeiten.

Ich wusste nicht, was ich aus mir selber machen sollte, der Hund sprang mich unaufhörlich an, der Sonnenschein breitete sich munter über die Felder aus, die grünen Birken funkelten: ich hatte die Empfindung, als wenn ich etwas sehr Eiliges zu tun hätte, ich griff also den kleinen Hund, band ihn in der Stube fest, und nahm dann den Käfig mit dem Vogel unter den Arm. Der Hund krümmte sich und winselte über diese ungewohnte Behandlung, er sah mich mit bittenden Augen an, aber ich fürchtete mich, ihn mit mir zu nehmen. Noch nahm ich eins von den Gefäßen, das mit Edelsteinen angefüllt war, und steckte es zu mir, die übrigen ließ ich stehn.

Der Vogel drehte den Kopf auf eine wunderliche Weise, als ich mit ihm zur Tür hinaustrat, der Hund strengte sich sehr an, mir nachzukommen, aber er musste zurückbleiben. Ich vermied den Weg nach den wilden Felsen und ging nach der entgegengesetzten Seite. Der Hund bellte und winselte immerfort, und es rührte mich recht inniglich, der Vogel wollte einigemal zu singen anfangen, aber da er getragen ward, musste es ihm wohl unbequem fallen.

So wie ich weiter ging, hörte ich das Bellen immer schwächer, und endlich hörte es ganz auf. Ich weinte und wäre beinahe wieder umgekehrt, aber die Sucht etwas Neues zu sehn, trieb mich vorwärts.

Schon war ich über Berge und durch einige Wälder gekommen, als es Abend ward, und ich in einem Dorfe einkehren musste. Ich war sehr blöde, als ich in die Schenke trat, man wies mir eine Stube und ein Bette an, ich schlief ziemlich ruhig, nur dass ich von der Alten träumte, die mir drohte.

Meine Reise war ziemlich einförmig, aber je weiter ich ging, je mehr ängstigte mich die Vorstellung von der Alten und dem kleinen Hunde; ich dachte daran, dass er wahrscheinlich ohne meine Hülfe verhungern müsse, im Walde glaubt ich oft, die Alte würde mir plötzlich entgegentreten. So legte ich unter Tränen und Seufzern den Weg zurück; sooft ich ruhte, und den Käfig auf den Boden stellte, sang der Vogel sein wunderliches Lied, und ich erinnerte mich dabei recht lebhaft des schönen verlassenen Aufenthalts. Wie die menschliche Natur vergesslich ist, so glaubt ich jetzt, meine vormalige Reise in der Kindheit sei nicht so trübselig gewesen als meine jetzige; ich wünschte wieder in derselben Lage zu sein.

Ich hatte einige Edelsteine verkauft und kam nun nach einer Wanderschaft von vielen Tagen in einem Dorfe an. Schon beim Eintritt ward mir wundersam zumute, ich erschrak und wusste nicht worüber; aber bald erkannt ich mich, denn es war dasselbe Dorf, in welchem ich geboren war. Wie ward ich überrascht! Wie liefen mir vor Freuden, wegen tausend seltsamer Erinnerungen, die Tränen von den Wangen! Vieles war verändert, es waren neue Häuser entstanden, andre, die man damals erst errichtet hatte, waren jetzt verfallen, ich traf auch Brandstellen; alles war weit kleiner, gedrängter als ich erwartet hatte. Unendlich freute ich mich darauf, meine Eltern nun nach so manchen Jahren wiederzusehn; ich fand das kleine Haus, die wohlbekannte Schwelle, der Griff der Tür war noch ganz so wie damals, es war mir, als hätte ich sie nur gestern angelehnt; mein Herz klopfte ungestüm, ich öffnete sie hastig – aber ganz fremde Gesichter saßen in der Stube umher und stierten mich an. Ich fragte nach dem Schäfer Martin, und man sagte mir, er sei schon seit drei Jahren mit seiner Frau gestorben. – Ich trat schnell zurück, und ging laut weinend aus dem Dorfe hinaus.

Ich hatte es mir so schön gedacht, sie mit meinem Reichtume zu überraschen; durch den seltsamsten Zufall war das nun wirklich geworden, was ich in der Kindheit immer nur träumte – und jetzt war alles umsonst, sie konnten sich nicht mit mir freuen, und das, worauf ich am meisten immer im Leben gehofft hatte, war für mich auf ewig verloren.

In einer angenehmen Stadt mietete ich mir ein kleines Haus mit einem Garten, und nahm eine Aufwärterin zu mir. So wunderbar, als ich es vermutet hatte, kam mir die Welt nicht vor, aber ich vergaß die Alte und meinen ehemaligen Aufenthalt etwas mehr, und so lebt ich im ganzen recht zufrieden.

Der Vogel hatte schon seit lange nicht mehr gesungen; ich erschrak daher nicht wenig, als er in einer Nacht plötzlich wieder anfing, und zwar mit einem veränderten Liede. Er sang:

>*Waldeinsamkeit*
Wie liegst du weit!
O dich gereut
Einst mit der Zeit. –

Ach einzge Freud
Waldeinsamkeit!<

Ich konnte die Nacht hindurch nicht schlafen, alles fiel mir von neuem in die Gedanken, und mehr als jemals fühlt ich, dass ich Unrecht getan hatte. Als ich aufstand, war mir der Anblick des Vogels ordentlich zuwider, er sah immer nach mir hin, und seine Gegenwart ängstigte mich. Er hörte nun mit seinem Liede gar nicht wieder auf, und er sang es lauter und schallender, als er es sonst gewohnt gewesen war. Je mehr ich ihn betrachtete, je bänger machte er mich; ich öffnete endlich den Käfig, steckte die Hand hinein und fasste seinen Hals, herzhaft drückte ich die Finger zusammen, er sah mich bittend an, ich ließ los, aber er war schon gestorben. – Ich begrub ihn im Garten.

Jetzt wandelte mich oft eine Furcht vor meiner Aufwärterin an, ich dachte an mich selbst zurück, und glaubte, dass sie mich auch einst berauben oder wohl gar ermorden könne. – Schon lange kannt ich einen jungen Ritter, der mir überaus gefiel, ich gab ihm meine Hand – und hiermit, Herr Walther, ist meine Geschichte geendigt.«

»Ihr hättet sie damals sehn sollen«, fiel Eckbert hastig ein »ihre Jugend, ihre Schönheit, und welch einen unbeschreiblichen Reiz ihr ihre einsame Erziehung gegeben hatte. Sie kam mir vor wie ein Wunder, und ich liebte sie ganz über alles Maß. Ich hatte kein Vermögen, aber durch ihre Liebe kam ich in diesen Wohlstand, wir zogen hieher, und unsere Verbindung hat uns bis jetzt noch keinen Augenblick gereut.«

»Aber über unser Schwatzen«, fing Bertha wieder an, »ist es schon tief in die Nacht geworden – wir wollen uns schlafen legen.«

Sie stand auf und ging nach ihrer Kammer. Walther wünschte ihr mit einem Handkusse eine gute Nacht, und sagte: »Edle Frau, ich danke Euch, ich kann mir Euch recht vorstellen, mit dem seltsamen Vogel, und wie Ihr den kleinen Strohmian füttert.«

Auch Walther legte sich schlafen, nur Eckbert ging noch unruhig im Saale auf und ab. – »Ist der Mensch nicht ein Tor?« fing er endlich an; »ich bin erst die Veranlassung, dass meine Frau ihre Geschichte erzählt, und jetzt gereut mich diese Vertraulichkeit! – Wird er sie nicht missbrauchen? Wird er sie nicht andern mitteilen? Wird er nicht vielleicht, denn das ist die Natur des Menschen, eine unselige Habsucht nach unsern Edelgesteinen empfinden, und deswegen Plane anlegen und sich verstellen?«

Es fiel ihm ein, dass Walther nicht so herzlich von ihm Abschied genommen hatte, als es nach einer solchen Vertraulichkeit wohl natürlich gewesen wäre. Wenn die Seele erst einmal zum Argwohn gespannt ist, so trifft sie auch in allen Kleinigkeiten Bestätigungen an. Dann warf sich Eckbert wieder sein unedles Misstrauen gegen seinen wackern Freund vor, und konnte doch nicht davon zurückkehren. Er schlug sich die ganze Nacht mit diesen Vorstellungen herum, und schlief nur wenig.

Bertha war krank und konnte nicht zum Frühstück erscheinen; Walther schien sich nicht viel darum zu kümmern, und verließ auch den Ritter ziemlich gleichgültig. Eckbert konnte sein Betragen nicht begreifen; er besuchte seine Gattin, sie lag in einer Fieberhitze und sagte, die Erzählung in der Nacht müsse sie auf diese Art gespannt haben.

Seit diesem Abend besuchte Walther nur selten die Burg seines Freundes, und wenn er auch kam, ging er nach einigen unbedeutenden Worten wieder weg. Eckbert ward durch dieses Betragen im äußersten Grade gepeinigt; er ließ sich zwar gegen Bertha und Walther nichts davon merken, aber jeder musste doch seine innerliche Unruhe an ihm gewahr werden.

Mit Berthas Krankheit ward es immer bedenklicher; der Arzt ward ängstlich, die Röte von ihren Wangen war verschwunden, und ihre Augen wurden immer glühender. – An einem Morgen ließ sie ihren Mann an ihr Bette rufen, die Mägde mussten sich entfernen.

»Lieber Mann«, fing sie an, »ich muss dir etwas entdecken, das mich fast um meinen Verstand gebracht hat, das meine Gesundheit zerrüttet, so eine unbedeutende Kleinigkeit es auch an sich scheinen möchte. – Du weißt, dass ich mich immer nicht, sooft ich von meiner Kindheit sprach, trotz aller angewandten Mühe auf den Namen des kleinen Hundes besinnen konnte, mit welchem ich so lange umging; an jenem Abend sagte Walther beim Abschiede plötzlich zu mir: ›Ich kann mir Euch recht vorstellen, wie Ihr den kleinen Strohmian füttert.‹ Ist das Zufall? Hat er den Namen erraten, weiß er ihn und hat er ihn mit Vorsatz genannt? Und wie hängt dieser Mensch dann mit meinem Schicksale zusammen? Zuweilen kämpfe ich mit mir, als ob ich mir diese Seltsamkeit nur einbilde, aber es ist gewiss, nur zu gewiss. Ein gewaltiges Entsetzen befiel mich, als mir ein fremder Mensch so zu meinen Erinnerungen half. Was sagst du, Eckbert?«

Eckbert sah seine leidende Gattin mit einem tiefen Gefühle an; er schwieg und dachte bei sich nach, dann sagte er ihr einige tröstende Worte und verließ sie. In einem abgelegenen Gemache ging er in unbeschreiblicher Unruhe auf und ab. Walther war seit vielen Jahren sein einziger Umgang gewesen, und doch war dieser Mensch jetzt der einzige in der Welt, dessen Dasein ihn drückte und peinigte. Es schien ihm, als würde ihm froh und leicht sein, wenn nur dieses einzige Wesen aus seinem Wege gerückt werden könnte. Er nahm seine Armbrust, um sich zu zerstreuen und auf die Jagd zu gehn. Es war ein rauher stürmischer Wintertag, tiefer Schnee lag auf den Bergen und bog die Zweige der Bäume nieder. Er streifte umher, der Schweiß stand ihm auf der Stirne, er traf auf kein Wild, und das vermehrte seinen Unmut. Plötzlich sah er sich etwas in der Ferne bewegen, es war Walther, der Moos von den Bäumen sammelte; ohne zu wissen was er tat, legte er an, Walther sah sich um, und drohte mit einer stummen Gebärde, aber indem flog der Bolzen ab, und Walther stürzte nieder.

Eckbert fühlte sich leicht und beruhigt, und doch trieb ihn ein Schauder nach seiner Burg zurück; er hatte einen großen Weg zu machen, denn er war weit hinein in die Wälder verirrt. Als er ankam, war Bertha schon gestorben; sie hatte vor ihrem Tode noch viel von Walther und der Alten gesprochen.

Eckbert lebte nun eine lange Zeit in der größten Einsamkeit; er war schon sonst immer schwermütig gewesen, weil ihn die seltsame Geschichte seiner Gattin beunruhigte, und er irgendeinen unglücklichen Vorfall, der sich ereignen könnte, befürchtete: aber jetzt war er ganz mit sich zerfallen. Die Ermordung seines Freundes stand ihm unaufhörlich vor Augen, er lebte unter ewigen innern Vorwürfen.

Um sich zu zerstreuen, begab er sich zuweilen nach der nächsten großen Stadt, wo er Gesellschaften und Feste besuchte. Er wünschte durch irgendeinen Freund die Leere in seiner Seele auszufüllen, und wenn er dann wieder an Walther zurückdachte, so erschrak er vor dem Gedanken, einen Freund zu finden, denn er war überzeugt, dass er nur unglücklich mit jedwedem Freunde sein könne. Er hatte so lange mit Bertha in einer schönen Ruhe gelebt, die Freundschaft Walthers hatte ihn so manches Jahr hindurch beglückt, und jetzt waren beide so plötzlich dahingerafft, dass ihm sein Leben in manchen Augenblicken mehr wie ein seltsames Märchen, als wie ein wirklicher Lebenslauf erschien.

Ein junger Ritter, Hugo, schloss sich an den stillen betrübten Eckbert, und schien eine wahrhafte Zuneigung gegen ihn zu empfinden. Eckbert fand sich auf eine wunderbare Art überrascht, er kam der Freundschaft des Ritters um so schneller entgegen, je weniger er sie vermutet hatte. Beide waren nun häufig beisammen, der Fremde erzeigte Eckbert alle möglichen Gefälligkeiten, einer ritt fast nicht mehr ohne den andern aus; in allen Gesellschaften trafen sie sich, kurz, sie schienen unzertrennlich.

Eckbert war immer nur auf kurze Augenblicke froh, denn er fühlte es deutlich, dass ihn Hugo nur aus einem Irrtume liebe; jener kannte ihn nicht, wusste seine Geschichte nicht, und er fühlte wieder denselben Drang, sich ihm ganz mitzuteilen, damit er versichert sein könne, ob jener auch wahrhaft sein Freund sei. Dann hielten ihn wieder Bedenklichkeiten und die Furcht, verabscheut zu werden, zurück. In manchen Stunden war er so sehr von seiner Nichtswürdigkeit überzeugt, dass er glaubte, kein Mensch, für den er nicht ein völliger Fremdling sei, könne ihn seiner Achtung würdigen. Aber dennoch konnte er sich nicht widerstehn; auf einem einsamen Spazierritte entdeckte er seinem Freunde seine ganze Geschichte, und fragte ihn dann, ob er wohl einen Mörder lieben könne. Hugo war gerührt, und suchte ihn zu trösten; Eckbert folgte ihm mit leichterm Herzen zur Stadt.

Es schien aber seine Verdammnis zu sein, gerade in der Stunde des Vertrauens Argwohn zu schöpfen, denn kaum waren sie in den Saal getreten, als ihm beim Schein der vielen Lichter die Mienen seines Freundes nicht gefielen. Er glaubte ein hämisches Lächeln zu bemerken, es fiel ihm auf, dass er nur wenig mit ihm spreche, dass er mit den Anwesenden viel rede, und seiner gar nicht zu achten scheine. Ein alter Ritter war in der Gesellschaft, der sich immer als den Gegner Eckberts gezeigt, und sich oft nach seinem Reichtum und seiner Frau auf eine eigne Weise erkundigt hatte; zu diesem gesellte sich Hugo, und beide sprachen eine Zeitlang heimlich, indem sie nach Eckbert hindeuteten. Dieser sah jetzt seinen Argwohn bestätigt, er glaubte sich verraten, und eine schreckliche Wut bemeisterte sich seiner. Indem er noch immer hinstarrte, sah er plötzlich Walthers Gesicht, alle seine Mienen, die ganze, ihm so wohlbekannte Gestalt, er sah noch immer hin und ward überzeugt, dass niemand als Walther mit dem Alten spreche. Sein Entsetzen war unbeschreiblich; außer sich stürzte er hinaus, verließ noch in der Nacht die Stadt, und kehrte nach vielen Irrwegen auf seine Burg zurück.

Wie ein unruhiger Geist eilte er jetzt von Gemach zu Gemach, kein Gedanke hielt ihm stand, er verfiel von entsetzlichen Vorstellungen auf noch entsetzlichere, und kein Schlaf kam in seine Augen. Oft dachte er, dass er wahnsinnig sei, und sich nur selber durch seine Einbildung alles erschaffe; dann erinnerte er sich wieder der Züge Walthers, und alles ward ihm immer mehr ein Rätsel. Er beschloss eine Reise zu machen, um seine Vorstellungen wieder zu ordnen; den Gedanken an Freundschaft, den Wunsch nach Umgang hatte er nun auf ewig aufgegeben.

Er zog fort, ohne sich einen bestimmten Weg vorzusetzen, ja er betrachtete die Gegenden nur wenig, die vor ihm lagen. Als er im stärksten Trabe seines Pferdes einige Tage so fortgeeilt war, sah er sich plötzlich in einem Gewinde von Felsen verirrt, in denen sich nirgend ein Ausweg entdecken ließ. Endlich traf er auf einen alten Bauer, der ihm einen Pfad, einem Wasserfall vorüber, zeigte: er wollte ihm zur Danksagung einige Münzen geben, der Bauer aber schlug sie aus. – »Was gilt's«, sagte Eckbert zu sich selber, »ich könnte mir wieder einbilden, dass dies niemand anders als Walther sei.« – Und indem sah er sich noch einmal um, und es war niemand anders als Walther. – Eckbert spornte sein Ross so schnell es nur laufen konnte, durch Wiesen und Wälder, bis es erschöpft unter ihm zusammenstürzte. – Unbekümmert darüber setzte er nun seine Reise zu Fuß fort.

Er stieg träumend einen Hügel hinan; es war, als wenn er ein nahes munteres Bellen vernahm, Birken säuselten dazwischen, und er hörte mit wunderlichen Tönen ein Lied singen:

>>*Waldeinsamkeit*
Mich wieder freut,
Mir geschieht kein Leid,
Hier wohnt kein Neid,
Von neuem mich freut
Waldeinsamkeit.<<

Jetzt war es um das Bewusstsein, um die Sinne Eckberts geschehn; er konnte sich nicht aus dem Rätsel herausfinden, ob er jetzt träume, oder ehemals von einem Weibe Bertha geträumt habe; das Wunderbarste vermischte sich mit dem Gewöhnlichsten, die Welt um ihn her war verzaubert, und er keines Gedankens, keiner Erinnerung mächtig.

Eine krummgebückte Alte schlich hustend mit einer Krücke den Hügel heran. »Bringst du mir meinen Vogel? Meine Perlen? Meinen Hund?« schrie sie ihm entgegen. »Siehe, das Unrecht bestraft sich selbst: Niemand als ich war dein Freund Walther, dein Hugo.«

»Gott im Himmel!« sagte Eckbert stille vor sich hin – »in welcher entsetzlichen Einsamkeit hab ich dann mein Leben hingebracht! »

»Und Bertha war deine Schwester.«

Eckbert fiel zu Boden.

»Warum verließ sie mich tückisch? Sonst hätte sich alles gut und schön geendet, ihre Probezeit war ja schon vorüber. Sie war die Tochter eines Ritters, die er bei einem Hirten erziehn ließ, die Tochter deines Vaters.«

»Warum hab ich diesen schrecklichen Gedanken immer geahndet?« rief Eckbert aus.

»Weil du in früher Jugend deinen Vater einst davon erzählen hörtest; er durfte seiner Frau wegen diese Tochter nicht bei sich erziehn lassen, denn sie war von einem andern Weibe.«

Eckbert lag wahnsinnig und verscheidend auf dem Boden; dumpf und verworren hörte er die Alte sprechen, den Hund bellen, und den Vogel sein Lied wiederholen.

Der getreue Eckhart

Erster Abschnitt

»Der edle Herzog groß
Von dem Burgunder Lande
Litt manchen Feindesstoß
Wohl auf dem ebnen Sande.

Er sprach: >Mich schlägt der Feind,
Mein Mut ist mir entwichen,
Die Freunde sind erblichen,
Die Knecht geflohen seind!

Ich kann mich nicht mehr regen,
Nicht Waffen führen kann:
Wo bleibt der edle Degen,
Eckart der treue Mann?

Er war mir sonst zur Seite
In jedem harten Strauß,
Doch leider blieb er heute
Daheim bei sich zu Haus.

Es mehren sich die Haufen,
Ich muss gefangen sein,
Mag nicht wie Knecht entlaufen,
Drum will ich sterben fein!< –

So klagt der von Burgund,
Will sein Schwert in sich stechen:
Da kommt zur selben Stund
Eckart, den Feind zu brechen.

Geharnischt reit't der Degen
Keck in den Feind hinein,
Ihm folgt die Schar verwegen
Und auch der Sohne sein.

Burgund erkennt die Zeichen,
Und ruft: >Gott sei gelobt!<
Die Feinde mussten weichen
Die wütend erst getobt.

Da schlug mit treuem Mute
Eckart ins Volk hinein,
Doch schwamm im roten Blute
Sein zartes Söhnelein.

Als nun der Feind bezwungen,
Da sprach der Herzog laut:
>Es ist dir wohl gelungen,
Doch so, dass es mir graut;

Du hast viel Mann geworben
Zu retten Reich und Leben,
Dein Söhnlein liegt erstorben,
Kann's dir nicht wiedergeben.< –

Der Eckart weinet fast,
Bückt sich der starke Held,
Und nimmt die teure Last,
Den Sohn in Armen hält.

>Wie starbst du, Heinz, so frühe,
Und warst noch kaum ein Mann?
Mich reut nicht meine Mühe,
Ich seh dich gerne an,

Weil wir dich, Fürst, erlösten,
Aus deiner Feinde Hohn,
Und drum will ich mich trösten,
Ich schenke dir den Sohn!<

Da ward dem Burgund trübe
Vor seiner Augen Licht,
Weil diese große Liebe
Sein edles Herze bricht.

Er weint die hellen Zähren
Und fällt ihm an die Brust:
>Dich, Held, muss ich verehren<,
Spricht er in Leid und Lust,

>So treu bist du geblieben,
Da alles von mir wich,
So will ich nun auch lieben
Wie meinen Bruder dich,

Und sollst in ganz Burgunde
So gelten wie der Herr,
Wenn ich mehr lohnen kunnte,
Ich gäbe gern noch mehr.<

Als dies das Land erfahren,
So freut sich jedermann,
Man nennt den Held seit Jahren
Eckart den treuen Mann.«

Die Stimme eines alten Landmanns klang über die Felsen herüber, der dieses Lied sang, und der getreue Eckart saß in seinem Unmute auf dem Berghang und weinte laut. Sein jüngstes Söhnlein stand neben ihm und fragte: »Warum weinst du also laut, mein Vater Eckart? Wie bist du doch so groß und stark, höher und kräftiger, als alle übrige Männer, vor wem darfst du dich denn fürchten?«

Indem zog die Jagd des Herzogs heim nach Hause. Burgund saß auf einem stattlichen, schön geschmückten Rosse, und Gold und Geschmeide des fürstlichen Herzogs flimmerte und blinkte in der Abendsonne, so dass der junge Conrad den herrlichen Aufzug nicht genug sehn, nicht genug preisen konnte. Der getreue Eckart erhob sich und schaute finster hinüber, und der junge Conrad sang, nachdem er die Jagd aus dem Gesichte verloren hatte:

> *»Wann du willt*
> *Schwert und Schild,*
> *Gutes Ross,*
> *Speer und Geschoss*
> *Führen:*
>
> *Muss dein Mark*
> *In Beinen stark,*
> *Dir im Blut*
> *Mannesmut*
> *Gar kräftiglich regieren!«*

Der Alte nahm den Sohn und herzte ihn, wobei er gerührt seine großen hellblauen Augen anschaute. »Hast du das Lied jenes guten Mannes gehört?« fragte er ihn dann.

»Wie nicht?« sprach der Sohn, »hat er es doch laut genug gesungen, und bist du ja doch der getreue Eckart, so dass ich gern zuhörte.«

»Derselbe Herzog ist jetzt mein Feind«, sprach der alte Vater; »er hält mir meinen zweiten Sohn gefangen, ja hat ihn schon hingerichtet, wenn ich dem trauen darf, was die Leute im Lande sagen.«

»Nimm dein großes Schwert und duld es nicht«, sagte der Sohn; »sie müssen ja alle vor dir zittern, und alle Leute im ganzen Lande werden dir beistehn, denn du bist ihr größter Held im Lande.«

»Nicht also, mein Sohn«, sprach jener, »dann wäre ich der, für den mich meine Feinde ausgeben, ich darf nicht an meinem Landesherren ungetreu werden, nein, ich darf nicht den Frieden brechen, den ich ihm angelobt und in seine Hände versprochen.«

»Aber was will er von uns?« fragte Conrad ungeduldig.

Der Eckart setzte sich wieder nieder und sagte: »Mein Sohn, die ganze Erzählung davon würde zu umständlich lauten, und du würdest es dennoch kaum verstehn. Der Mächtige hat immer seinen größten Feind in seinem eigenen Herzen, den er so Tag wie Nacht fürchtet: so meint der Burgund nunmehr, er habe mir zu viel getraut, und in mir eine Schlange an seinem Busen auferzogen. Sie nennen mich im Land den kühnsten Degen, sie sagen laut, dass er mir Reich und Leben zu danken, ich heiße der getreue Eckart, und so wenden sich Bedrängte und Notleidende zu mir, dass ich ihnen Hülfe schaffe; das kann er nicht leiden. So hat er Groll auf mich geworfen, und jeder, der bei ihm gelten möchte, vermehrt sein Misstrauen zu mir: so hat sich endlich sein Herz von mir abgewendet.«

Hierauf erzählte ihm der Held Eckart mit schlichten Worten, dass ihn der Herzog von seinem Angesichte verbannt habe, und dass sie sich ganz fremd geworden seien, weil jener geargwohnt, er wolle ihm gar sein Herzogtum entreißen. In Betrübnis fuhr er fort, wie der Herzog ihm seinen Sohn gefangengenommen, und ihm selber, als einem Verräter, nach dem Leben stehe. Conrad sprach zu seinem Vater: »So lass mich nun hingehn, mein alter Vater, und mit dem Herzoge reden, damit er verständig und dir gewogen werde; hat er meinen Bruder erwürgt, so ist er ein böser Mann, und du sollst ihn strafen, doch kann es nicht sein, weil er nicht so schnöde deiner großen Dienste vergessen kann.«

»Weißt du nicht den alten Spruch«, sagte Eckart:

>»Wenn der Mächtge dein begehrt,
Bist du ihm als Freund was wert,
Wie die Not von ihm gewichen,
Ist die Freundschaft auch erblichen.

Ja, mein ganzes Leben ist unnütz verschwendet: warum machte er mich groß, um mich dann desto tiefer hinabzuwerfen? Die Freundschaft der Fürsten ist wie ein tötendes Gift, das man nur gegen Feinde nützen kann, und womit sich der Eigner aus Unbedacht endlich selbst erwürgt.«

»Ich will zum Herzoge hin«, rief Conrad aus, »ich will ihm alles, was du getan, was du für ihn gelitten, in die Seele zurückrufen, und er wird wieder sein, wie ehemals.«

»Du hast vergessen«, sagte Eckart, »dass man uns für Verräter ausgerufen hat, darum lass uns miteinander flüchten, in ein fremdes Land, wo wir wohl ein besseres Glück antreffen mögen.«

»In deinem Alter«, sagte Conrad, »willst du deiner lieben Heimat noch den Rücken wenden? Nein, lass uns lieber alles andere versuchen. Ich will zum Burgunder, ihn versöhnen und zufriedenstellen; denn was kann er mir tun wollen, wenn er dich auch hasst und fürchtet?«

»Ich lasse dich sehr ungern«, sagte Eckart, »meine Seele weissagt mir nichts Gutes, und doch möcht ich gern mit ihm versöhnt sein, denn er ist mein alter Freund, auch deinen Bruder erretten, der in gefänglicher Haft bei ihm schmachtet.«

Die Sonne warf ihre letzten milden Strahlen auf die grüne Erde, und Eckart setzte sich nachdenkend nieder, an einem Baumstamm gelehnt, er beschaute den Conrad lange Zeit und sagte dann: »Wenn du gehen willst, mein Sohn, so gehe jetzt, bevor die Nacht vollends hereinbricht; die Fenster in der herzoglichen Burg glänzen schon von Lichtern, ich vernehme aus der Ferne Trompetentöne vom Feste, vielleicht ist die Gemahlin seines Sohnes schon angelangt und sein Gemüt freundlicher gegen uns.«

Ungern ließ er den Sohn von sich, weil er seinem Glücke nicht mehr traute; der junge Conrad aber war um so mutiger, weil es ihm ein leichtes dünkte, das Gemüt des Herzoges umzuwenden, der noch vor weniger Zeit so freundlich mit ihm gespielt hatte. »Kommst du mir gewiss zurück, mein liebstes Kind?« klagte der Alte, »wenn du mir verlorengehst, ist keiner mehr von meinem Stamme übrig.« Der Knabe tröstete ihn, und schmeichelte mit Liebkosungen dem Greise; sie trennten sich endlich.

Conrad klopfte an die Pforte der Burg und ward eingelassen, der alte Eckart blieb draußen in der Nacht allein. »Auch diesen habe ich verloren«, klagte er in der Einsamkeit, »ich werde sein Angesicht nicht wiedersehn.« Indem er so jammerte, wankte an einem Stabe ein Greis daher, der die Felsen hinabsteigen wollte, und bei jedem Schritte zu fürchten schien, dass er in den Abgrund stürzen möchte. Wie Eckart die Gebrechlichkeit des Alten wahrnahm, reichte er ihm die Hand, dass er sicher heruntersteigen möchte. »Woher des Weges?« fragte ihn Eckart.

Der Alte setzte sich nieder und fing an zu weinen, dass ihm die hellen Tränen die Wangen hinunterliefen. Eckart wollte ihn mit gelinden und vernünftigen Worten trösten, aber der sehr bekümmerte Greis schien auf seine wohlgemeinten Reden nicht zu achten, sondern sich seinen Schmerzen noch ungemäßigter zu ergeben. »Welcher Gram kann Euch denn so gar sehr niederbeugen«, fragte er endlich, »dass Ihr gänzlich davon überwältigt seid?«

»Ach meine Kinder!« klagte der Alte. Da dachte Eckart an Conrad, Heinz und Dietrich, und war selbst alles Trostes verlustig; »ja, wenn Eure Kinder gestorben sind«, sprach er, »dann ist Euer Elend wahrlich sehr groß.«

»Schlimmer als gestorben«, versetzte hierauf der Alte mit seiner jammernden Stimme, »denn sie sind nicht tot, aber ewig für mich verloren. O wollte der Himmel, dass sie nur gestorben wären!«

Der Held erschrak über diese seltsamen Worte, und bat den Greis, ihm dieses Rätsel aufzulösen, worauf jener sagte: »Wir leben wahrlich in einer wunderbarlichen Zeit, die wohl die letzten Tage bald herbeiführen wird, denn die erschrecklichsten Zeichen fallen dräuend in die Welt herein. Alles Unheil macht sich von den alten Ketten los, und streift nun frank und frei herum; die Furcht Gottes versiegt und verrinnt, und findet kein Strombett, in das sie sich sammeln möchte, und die bösen Kräfte stehn kecklich in ihren Winkeln auf, und feiern ihren Triumph. O mein lieber Herr, wir sind alt geworden, aber für dergleichen Wundergeschichten noch nicht alt genug. Ihr werdet ohne Zweifel den Kometen gesehen haben, dieses wunderbare Himmelslicht, das so prophetisch herniederscheint; alle Welt weissagt Übles, und keiner denkt daran, mit sich selbst die Besserung anzufahn und so die Rute abzuwenden. Dies ist nicht genug, sondern aus der Erde tun sich Wunderwerke hervor und brechen geheimnisvoll von unten herauf, wie das Licht schrecklich von oben herniederscheint. Habt Ihr niemals von dem Berge gehört, den die Leute nur den Berg der Venus nennen?«

»Niemalen«, sagte Eckart, »so weit ich auch herumge-
kommen hin.«

»Darüber muss ich mich verwundern«, sagte der Alte,
»denn die Sache ist jetzt ebenso bekannt, als sie wahrhaftig
ist. In diesen Berg haben sich die Teufel hineingeflüchtet,
und sich in den wüsten Mittelpunkt der Erde gerettet, als
das aufwachsende heilige Christentum den heidnischen
Götzendienst stürzte. Hier, sagt man nun, solle vor allen
Frau Venus Hof halten, und alle ihre höllischen Heerscha-
ren der weltlichen Lüste und verbotenen Wünsche um
sich versammeln, so dass das Gebirge auch verflucht seit
undenklichen Zeiten gelegen hat.«

»Doch nach welcher Gegend liegt der Berg?« fragte
Eckart.

»Das ist das Geheimnis«, sprach der Alte, »dass dieses niemand zu sagen weiß, als der sich schon dem Satan
zu eigen gegeben, es fällt auch keinem Unschuldigen ein,
ihn aufsuchen zu wollen. Ein Spielmann von wunderselt-
ner Art ist plötzlich von unten hervorgekommen, den die
Höllischen als ihren Abgesandten ausgeschickt haben; dieser durchzieht die Welt, und spielt und musiziert auf einer
Pfeifen, dass die Töne weit in den Gegenden widerklingen.
Wer nun diese Klänge vernimmt, der wird von ihnen mit
offenbarer, doch unerklärlicher Gewalt erfasst, und fort,
fort in die Wildnis getrieben, er sieht den Weg nicht, den
er geht, er wandert und wandert und wird nicht müde,
seine Kräfte nehmen zu wie seine Eile, keine Macht kann
ihn aufhalten, so rennt er rasend in den Berg hinein, und
findet ewig niemals den Rückweg wieder. Diese Macht ist
der Hölle jetzt zurückgegeben, und von entgegengesetzten
Richtungen wandeln nun die unglückseligen verkehrten
Pilgrime hin, wo keine Rettung zu erwarten steht. Ich hatte
an meinen beiden Söhnen schon seit lange keine Freude
mehr erlebt, sie waren wüst und ohne Sitten, sie verachte-

ten so Eltern wie Religion; nun hat sie der Klang ergriffen und angefasst, sie sind davon und in die Weite, die Welt ist ihnen zu enge, und sie suchen in der Hölle Raum.«

»Und was denkt Ihr bei diesen Dingen zu tun?« fragte Eckart.

»Mit dieser Krücke habe ich mich aufgemacht«, antwortete der Alte, »um die Welt zu durchstreifen, sie wiederzufinden, oder vor Müdigkeit und Gram zu sterben.«

Mit diesen Worten riss er sich mit großer Anstrengung aus seiner Ruhe auf, und eilte fort so schnell er nur konnte, als wenn er sein Liebstes auf der Welt versäumen möchte, und Eckart sah mit Bedauern seiner unnützen Bemühung nach, und achtete ihn in seinen Gedanken für wahnwitzig. –

Es war Nacht geworden und wurde Tag, und Conrad kam nicht zurück; da irrte Eckart durch das Gebirge und wandte seine sehnenden Augen nach dem Schlosse, aber er ersah ihn nicht. Ein Getümmel zog aus der Burg daher, da trachtete er nicht mehr, sich zu verbergen, sondern er bestieg sein Ross, das frei weidete, und ritt in die Schar hinein, die fröhlich und guter Dinge über das Blachfeld zog. Als er unter ihnen war, erkannten sie ihn, aber keiner wagte Hand an ihn zu legen, oder ihm ein hartes Wort zu sagen, sondern sie wurden aus Ehrerbietung stumm, umgaben ihn in Verwunderung, und gingen dann ihres Weges. Einen von den Knechten rief er zurück, und fragte ihn: »Wo ist mein Sohn Conrad?« »O fragt mich nicht«, sagte der Knecht, »denn es würde Euch doch nur Jammer und Wehklagen erregen.« »Und Dietrich?« rief der Vater. »Nennt ihre Namen nicht mehr«, sprach der alte Knecht, »denn sie sind dahin, der Zorn des Herrn war gegen sie entbrannt, er gedachte Euch in ihnen zu strafen.«

Ein heißer Zorn stieg in Eckarts Gemüt auf, und er war vor Schmerz und Wut sein selber nicht mehr mächtig. Er spornte sein Ross mit aller Gewalt und ritt in das Burgtor hinein. Alle traten ihm mit scheuer Ehrfurcht aus dem Wege, und so ritt er vor den Palast. Er schwang sich vom Rosse und ging mit wankenden Schritten die großen Stiegen hinan. »Bin ich hier in der Wohnung des Mannes«, sagte er zu sich selber, »der sonst mein Freund war?« Er wollte seine Gedanken sammeln, aber immer wildere Gestalten bewegten sich vor seinen Augen, und so trat er in das Gemach des Fürsten.

Der Herzog von Burgund war sich seiner nicht gewärtig, und erschrak heftig, als er den Eckart vor sich sah. »Bist du der Herzog von Burgund?« redete dieser ihn an. Worauf der Herzog mit ja antwortete. »Und du hast meinen Sohn Dietrichen hinrichten lassen?« Der Herzog sagte ja. »Und auch mein jüngstes Söhnlein Conrad«, rief Eckart im Schmerz, »ist dir nicht zu gut gewesen, und du hast ihn auch umbringen lassen?« Worauf der Herzog wieder mit ja antwortete.

Hier ward Eckart übermannt und sprach in Tränen: »O antworte mir nicht so, Burgund, denn diese Reden kann ich nicht aushalten, sprich nur, dass es dich gereut, dass du es jetzt ungeschehen wünschest, und ich will mich zu trösten suchen; aber so bist du meinem Herzen überall zuwider.«

Der Herzog sagte: »Entferne dich von meinem Angesichte, ungetreuer Verräter, denn du bist mir der ärgste Feind, den ich nur auf Erden haben kann.«

Eckart sagte: »Du hast mich wohl ehedem deinen Freund genannt, aber diese Gedanken sind dir nunmehr fremd; nie hab ich dir zuwidergehandelt, stets hab ich dich als meinen Fürsten geehrt und geliebt, und behüte mich Gott, dass ich nun, wie ich wohl könnte, die Hand an mein Schwert legen sollte, um mir Rache zu schaffen. Nein, ich will mich selbst von deinem Angesichte verbannen, und in der Einsamkeit sterben.«

Mit diesen Worten ging er fort, und der Burgund war in seinem Gemüte bewegt, doch erschienen auf seinen Ruf die Leibwächter mit den Lanzen, die ihn von allen Seiten umgaben, und den Eckart mit ihren Spießen aus dem Gemache treiben wollten.

Es schwang sich auf sein Pferd
Eckart der edle Held,
Und sprach: »In aller Welt
Ist mir nun nichts mehr wert.

Die Söhn hab ich verloren,
So find ich nirgend Trost,
Der Fürst ist nur erbost,
Hat meinen Tod geschworen.«

Da reitet er zu Wald
Und klagt aus vollem Herzen
Die übergroßen Schmerzen,
Dass weit die Stimme schallt:

»Die Menschen sind mir tot,
Ich muss mir Freunde suchen
In Eichen, wilden Buchen,
Ihn'n klagen meine Not.

Kein Kind, das mich ergötzt,
Erwürgt von schlimmen Leuen
Blieb keiner von den dreien,
Der Liebste starb zuletzt.«

Wie Eckart also klagte,
Verlor er Sinn und Mut,

Er reit't in Zorneswut,
Als schon der Morgen tagte.

Das Ross, das treu geblieben,
Stürzt hin im wilden Lauf,
Er achtet nicht darauf
Und will nun nichts mehr lieben.

Er tut die Rüstung abe,
Wirft sich zu Boden hin,
Auf Sterben steht sein Sinn,
Sein Wunsch nur nach dem Grabe.

Niemand in der Gegend wusste, wohin sich der Eckart gewendet, denn er hatte sich in die wüsten Waldungen hineinverirrt, und vor keinem Menschen ließ er sich sehen. Der Herzog fürchtete seinen Sinn, und es gereute ihn nun, dass er ihn von sich gelassen, ohne ihn zu fangen. Darum machte er sich an einem Morgen auf, mit einem großen Zuge von Jägern und anderm Gefolge, um die Wälder zu durchstreifen und den Eckart aufzusuchen, denn er meinte, dass dessen Tod nur ihn völlig sicher stellte. Alle waren unermüdet, und ließen sich den Eifer nicht verdrießen, aber die Sonne war schon untergegangen, ohne dass sie von Eckart eine Spur angetroffen hätten.

Ein Sturm brach herein, und große Wolken flogen sausend über dem Walde hin, der Donner rollte, und Blitze fuhren in die hohen Eichen; von einem ungestümen Schrecken wurden alle angefasst, und einzeln in den Gebüschen und auf den Fluren zerstreut. Das Ross des Herzogs rannte in das Dickicht hinein, sein Knappe vermochte nicht, ihm zu folgen; das edle Ross stürzte nieder, und der Burgund rief im Gewitter vergeblich nach seinen Dienern, denn es war keiner, der ihn hören mochte.

Wie ein wildes Tier war Eckart umhergeirrt, ohne von sich, von seinem Unglücke etwas zu wissen, er hatte sich selber verloren und in dumpfer Betäubung seinen Hunger mit Kräutern und Wurzeln gesättigt; unkenntlich wäre der Held jetzt jedem seiner Freunde gewesen, so hatten ihn die Tage seiner Verzweiflung entstellt. Wie der Sturm aufbrach, erwachte er aus seiner Betäubung, er fand sich in seinen Schmerzen wieder und erkannte sein Unglück. Da erhub er ein lautes Jammergeschrei um seine Kinder, er raufte seine weißen Haare und klagte im Brausen des Sturmes: »Wohin, wohin seid ihr gekommen, ihr Teile meines Herzens? Und wie ist mir denn so alle Macht genommen, dass ich euren Tod nicht mindestens rächen darf? Warum hielt ich denn meinen Arm zurück, und gab nicht dem den Tod, der meinem Herzen den tödlichsten Stich zuteilte? Ha, du verdienst es, Wahnsinniger, dass der Tyrann dich verhöhnt, weil dein unmächtiger Arm, dein blödes Herz nicht dem Mörder widerstrebt! Jetzt, jetzt sollte er so vor mir stehn! Vergeblich wünsch ich jetzt die Rache, da der Augenblick vorüber ist.«

So kam die Nacht herauf, und Eckart irrte in seinem Jammer umher. Da hörte er aus der Ferne wie eine Stimme, die um Hülfe rief. Er richtete seine Schritte nach dem Schalle, und traf endlich in der Dunkelheit auf einen Mann, der an einen Baumstamm gelehnt, ihn wehmütig bat, ihm wieder auf die rechte Straße zu helfen. Eckart erschrak vor der Stimme, denn sie schien ihm bekannt, und bald ermannte er sich und erkannte, dass der Verirrte der Herzog von Burgunden sei. Da erhub er seine Hand und wollte sein Schwert fassen, um den Mann niederzuhauen, der der Mörder seiner Kinder war; es überfiel ihn die Wut mit neuen Kräften, und er war des festen Willens, jenem den Garaus zu machen, als er plötzlich innehielt, und seines Schwures und des gegebenen Wortes gedachte.

Er fasste die Hand seines Feindes, und führte ihn nach der Gegend, wo er die Straße vermutete.

> Der Herzog sank darnieder
> Im wilden dunkeln Hain,
> Da nahm der Helde bieder
> Ihn auf die Schultern sein.
>
> Er sprach: »Gar viel Beschwerden
> Mach ich dir, guter Mann«;
> Der sagte: »Auf der Erden
> Muss man gar viel bestahn.«
>
> »Doch sollst du«, sprach Burgund,
> »Dich freun, bei meinem Worte,
> Komm ich nur erst gesund
> Zu Haus und sicherm Orte.«
>
> Der Held fühlt' Tränen heiß
> Auf seinen alten Wangen,
> Er sprach: »Auf keine Weis
> Trag ich nach Lohn Verlangen.«
>
> »Es mehren sich die Plagen«,
> Sprach der Burgund in Not;
> »Wohin willst du mich tragen?
> Du bist wohl gar der Tod?« –
>
> »Tod bin ich nicht genannt«,
> Sprach Eckart noch im Weinen,
> »Du stehst in Gottes Hand,
> Sein Licht mag dich bescheinen.«

»Ach, wohl ist mir bewusst«,
Sprach jener drauf in Reue,
»Dass sündvoll meine Brust,
Drum zittr' ich, dass er dräue.

Ich hab dem treusten Freunde
Die Kinder umgebracht,
Drum steht er mir zum Feinde
In dieser finstern Nacht.

Er war mir recht ergeben,
Als wie der treuste Knecht,
Und war im ganzen Leben
Mir niemals ungerecht.

Die Kindlein ließ ich töten,
Das kann er nie verzeihn,
Ich fürcht, in diesen Nöten
Treff ich ihn hier im Hain:

Das sagt mir mein Gewissen,
Mein Herze innerlich,
Die Kind hab ich zerrissen,
Dafür zerreißt er mich.«

Der Eckart sprach: »Empfinden
Muss ich so schwere Last,
Weil du nicht rein von Sünden
Und schwer gefrevelt hast.

Dass du den Mann wirst schauen,
Ist auch gewisslich wahr,
Doch magst du mir vertrauen,
So krümmt er dir kein Haar.«

So gingen sie in Gesprächen fort, als ihnen im Walde eine andre Mannsgestalt begegnete, es war Wolfram, der Knappe des Herzogs, der seinen Herrn schon seit lange gesucht hatte. Die dunkle Nacht lag noch über ihnen, und kein Sternlein blickte zwischen den schwarzen Wolken hervor. Der Herzog fühlte sich schwächer, und wünschte eine Herberge zu erreichen, in der er die Nacht schlafen möchte; dabei zitterte er, auf den Eckart zu treffen, der wie ein Gespenst vor seiner Seele stand. Er glaubte nicht den Morgen zu erleben, und schauderte von neuem zusammen, wenn sich der Wind wieder in den hohen Bäumen regte, wenn der Sturm von unten herauf aus den Bergschluften kam und über ihren Häuptern hinwegging. »Besteige, Wolfram«, rief der Herzog in seiner Angst, »diese hohe Tanne, und schaue umher, ob du kein Lichtlein, kein Haus, oder keine Hütte erspähst, zu der wir uns wenden mögen.«

Der Knappe kletterte mit Gefahr seines Lebens zum hohen Tannenbaum hinauf, den der Sturm von einer Seite zur andern warf, und je zuweilen fast bis zur Erde den Wipfel beugte, so dass der Knappe wie ein Eichkätzlein oben schwankte. Endlich hatte er den Gipfel erklommen und rief – »Im Tal da unten seh ich den Schein eines Lichtes, dorthin müssen wir uns wenden!« Sogleich stieg er ab und zeigte den beiden den Weg, und nach einiger Zeit sahen alle den erfreulichen Schein, worüber der Herzog anfing, sich wieder wohl zu gehaben. Eckart blieb immer stumm und in sich gekehrt, er sprach kein Wort und schaute seinen innern Gedanken zu. Als sie vor der Hütte standen, klopften sie an, und ein altes Mütterlein öffnete ihnen die Tür; sowie sie hineintraten, ließ der starke Eckart den Herzog von seinen Schultern nieder, der sich alsbald auf seine Knie warf und Gott in einem brünstigen Gebete für seine Rettung dankte. Eckart setzte sich in einen finstern Winkel nieder und traf dort den Greis schlafend, der ihm unlängst sein großes Unglück mit seinen Söhnen erzählt hatte, welche er aufzusuchen ging.

Als der Herzog sein Gebet vollendet, sprach er: »Wunderbar ist mir in dieser Nacht zu Sinne geworden, und die Güte Gottes wie seine Allmacht haben sich meinem versteckten Herzen noch niemals so nahe gezeigt; auch dass ich bald sterbe, sagt mir mein Gemüt, und ich wünsche nichts so sehr, als dass Gott mir vorher meine vielen und schweren Sünden vergeben möge. Euch beide aber, die ihr mich hiehergeführt habt, will ich vor meinem Ende noch belohnen, soviel ich kann. Dir, meinem Knappen, schenk ich die beiden Schlösser, die hier auf den nächsten Bergen liegen; doch sollst du dich künftig, zum Gedächtnis dieser grauenvollen Nacht, den Tannenhäuser nennen. Und wer bist du, Mann«, fuhr er fort, »der sich dorten im Winkel gelagert hat? Komm hervor, damit ich auch dir für deine Mühe und Liebe lohnen möge.«

> Da stand der Eckart von der Erden
> Und trat herfür ans helle Licht,
> Er zeigt mit traurigen Gebärden
> Sein hochbekümmert Angesicht.
> Da fehlt dem Burgund Kraft und Mut,
> Den Blick des Mannes auszuhalten,
> Den Adern sein entweicht das Blut,
> In Ohnmacht ist er festgehalten.
>
> Es stürzen ihm die matten Glieder
> Von neuem auf den Boden nieder.
> »Allmächtger Gott!« so schreit er laut,
> »Du bist es, den mein Auge schaut?
> Wohin soll ich vor dir entfliehn?

Musst du mich aus dem Walde ziehn?
Dem ich die Kinder hab erschlagen,
Der muss mich in den Armen tragen?«

So klagt Burgund und weint im Sprechen,
Und fühlt das Herz im Busen brechen,
Er sinkt dem Eckart an die Brust,
Ist sich sein selber nicht bewusst. –
Der Eckart leise zu ihm spricht:
»Der Schmach gedenk ich fürder nicht,
Damit die Welt es sehe frei,
Der Eckart war dir stets getreu.«

So verging die Nacht. Am andern Morgen kamen andre Diener, die den kranken Herzog fanden. Sie legten ihn auf Maultiere und führten ihn in sein Schloss zurück. Eckart durfte nicht von seiner Seite kommen, oft aber nahm er seine Hand und drückte sie sich gegen seine Brust, und sah ihn mit einem flehenden Blicke an. Eckart umarmte ihn dann, und sprach einige liebevolle Worte, mit denen sich der Fürst beruhigte. Er versammelte alle seine Räte um sich her, und sagte ihnen, dass er den Eckart, den getreuen Mann, zum Vormunde über seine Söhne setze, weil dieser sich als den Edelsten erwiesen. So starb er.

Seitdem nahm sich Eckart der Regierung mit allem Fleiße an, und jedermann im Lande musste seinen hohen männlichen Mut bewundern. Es währte nicht lange, so verbreitete sich in allen Gegenden das wunderbare Gerücht von dem Spielmanne, der aus dem Venusberge gekommen, das ganze Land durchziehe und mit seinen Tönen die Menschen entführe, welche verschwanden ohne dass man eine Spur von ihnen wiederfinden könne. Viele glaubten dem Gerüchte, andre nicht, und Eckart gedachte des unglücklichen Greises wieder.

»Ich habe euch zu meinen Söhnen angenommen«, sprach er zu den unmündigen Jünglingen, als er sich einst mit ihnen auf dem Berge vor dem Schlosse befand; »euer Glück ist jetzt meine Nachkommenschaft, ich will in eurer Freude nach meinem Tode fortleben.« Sie lagerten sich auf dem Abhange, von wo sie weit in das schöne Land hineinsehn konnten, und Eckart unterdrückte das Andenken an seine Kinder, denn sie schienen ihm von den Bergen herüberzuschreiten, indem er aus der Ferne einen lieblichen Klang vernahm.

»Kommt es nicht wie Träumen
Aus den grünen Räumen
Zu uns wallend nieder,
Wie Verstorbner Lieder?«

Spricht er zu den jungen Herrn,
Vernimmt den Zauberklang von fern.
Wie sich die Tön herüberschwungen,
Erwachet in den frommen Jungen
Ein seltsam böser Geist,
Der sie nach unbekannter Ferne reist.

»Wir wollen in die Berge, in die Felder,
Uns rufen die Quellen, es locken die Wälder,
Gar heimliche Stimmen entgegensingen,
Ins irdische Paradies uns zu bringen!«

Der Spielmann kommt in fremder Tracht
Den Söhnen Burgunds ins Gesicht,
Und höher schwillt der Töne Macht,
Und heller glänzt der Sonne Licht,
Die Blumen scheinen trunken,
Ein Abendrot niedergesunken,

Und zwischen Korn und Gräsern schweifen
Sanft irrend blau und goldne Streifen.

Wie ein Schatten ist hinweggehoben
Was sonst den Sinn zur Erden zieht,
Gestillt ist alles irdsche Toben,
Die Welt zu einer Blum erblüht,
Die Felsen schwanken lichterloh,
Die Triften jauchzen und sind froh,
Es wirrt und irrt alles in die Klänge hinein
Und will in der Freude heimisch sein,
Des Menschen Seele reißen die Funken,
Sie ist im holden Wahnsinn ganz versunken.

Es wurde Eckart rege
Und wundert sich dabei,
Er hört der Töne Schläge
Und fragt sich, was es sei.

Ihm dünkt die Welt erneuet,
In andern Farben blühn,
Er weiß nicht, was ihn freuet,
Fühlt sich in Wonne glühn.

»Ha! bringen nicht die Töne«,
So fragt er sich entzückt,
»Mir Weib und liebe Söhne,
Und was mich sonst beglückt?«

Doch fasst ein heimlich Grauen
Den Helden plötzlich an,
Er darf nur um sich schauen
Und fühlt sich bald ein Mann.

Da sieht er schon das Wüten
Der ihm vertrauten Kind,
Die sich der Hölle bieten
Und unbezwinglich sind.

Sie werden fortgezogen
Und kennen ihn nicht mehr,
Sie toben wie die Wogen
Im wildempörten Meer.

Was soll er da beginnen?
Ihn ruft sein Wort und Pflicht,
Ihm wanken selbst die Sinnen,
Er kennt sich selber nicht.

Da kömmt die Todesstunde
Von seinem Freund zurück,
Er höret den Burgunde
Und sieht den letzten Blick.

So schirmt er sein Gemüte
Und steht gewappnet da,
Indem kommt im Gemüte
Der Spielmann selbst ihm nah.

Er will den Degen schwingen
Und schlagen jenes Haupt:
Er hört die Pfeife klingen,
Die Kraft ist ihm geraubt.

Es stürzen aus den Bergen
Gestalten wunderlich,
Ein wüstes Heer von Zwergen,
Sie nahen grauerlich.

Die Söhne sind gefangen
Und toben in dem Schwarm,
Umsonst ist sein Verlangen,
Gelähmt sein tapfrer Arm.

Es stürmt der Zug an Vesten,
An Schlössern wild vorbei,
Sie ziehn von Ost nach Westen
Mit jauchzendem Geschrei.

Eckart ist unter ihnen,
Es reißt die Macht ihn hin,
Er muss der Hölle dienen,
Bezwungen ist sein Sinn.

Da nahen sie dem Berge,
Aus dem Musik erschallt,
Und alsogleich die Zwerge
Stillstehn und machen halt.

Der Fels springt voneinander,
Ein bunt Gewimmel drein,
Man sieht Gestalten wandern
Im wunderlichen Schein.

Da fasst er seinen Degen
Und sprach: »Ich bleibe treu!«
Und haut mit Kraft verwegen
In alle Scharen frei.

Die Kinder sind errungen,
Sie fliehen durch das Tal,
Der Feind noch unbezwungen
Mehrt sich zu Eckarts Qual.

Die Zwerge sinken nieder,
Sie fassen neuen Mut,
Es kommen andre wieder,
Und jeder kämpft mit Wut.

Da sieht der Held schon ferne
Die Kind in Sicherheit,
Sprach: »Nun verlier ich gerne
Mein Leben hier im Streit.«

Sein tapfres Schwert tut blinken
Im hellen Sonnenstrahl,
Die Zwerge niedersinken
Zu Haufen dort im Tal.

Die Kinder sind entschwunden
Im allerfernsten Feld,
Da fühlt er seine Wunden,
Da stirbt der tapfre Held.

So fand er seine Stunde
Wild kämpfend wie der Leu,
Und blieb noch dem Burgunde
Im Tode selber treu.

Als nun der Held erschlagen
Regiert der ältste Sohn,
Dankbar hört man ihn sagen:
»Eckart hat meinen Thron

Erkämpft mit vielen Wunden
Und seinem besten Blut,
Und alle Lebensstunden
Verdank ich seinem Mut.«

Bald hört man Wundersagen
Im ganzen Land umgehn,
Dass, wer es wolle wagen
Der Venus' Berg zu sehn,

Der werde dorten schauen
Des treuen Eckart Geist,
Der jeden mit Vertrauen
Zurück vom Felsen weist.

Wo er nach seinem Sterben
Noch Schutz und Wache hält.
Es preisen alle Erben
Eckart den treuen Held.

Zweiter Abschnitt

Es waren mehr als vier Jahrhunderte seit dem Tode des getreuen Eckart verflossen, als am Hofe ein edler Tannenhäuser als kaiserlicher Rat in großem Ansehen stand. Der Sohn dieses Ritters übertraf an Schönheit alle übrigen Edlen des Landes, weswegen er auch von jedermann geliebt und hochgeschätzt wurde. Plötzlich aber verschwand er, nachdem sich einige wunderbare Dinge mit ihm zugetragen hatten, und kein Mensch wusste zu sagen, wohin er gekommen sei. Seit der Zeit des getreuen Eckart gab es vom Venusberge eine Sage im Lande, und manche sprachen, dass er dorthin gewandert und also auf ewig verloren sei.

Einer von seinen Freunden, Friedrich von Wolfsburg, härmte sich von allen am meisten um den jungen Tannenhäuser. Sie waren miteinander erwachsen und ihre gegenseitige Freundschaft schien jedem ein Bedürfnis seines Lebens geworden zu sein. Tannenhäusers alter Vater war gestorben, Friedrich vermählte sich nach einigen Jahren; schon umgab ihn ein Kreis von fröhlichen Kindern, und immer noch hatte er keine Nachricht von seinem Jugendfreunde vernommen, so dass er ihn auch für gestorben halten musste.

Er stand eines Abends unter dem Tor seiner Burg, als er aus der Ferne einen Pilgrim daherkommen sah, der sich seinem Schlosse näherte. Der fremde Mann war in seltsame Tracht gekleidet, und sein Gang wie seine Gebärden erschienen dem Ritter wunderlich. Als jener näher gekommen, glaubte er ihn zu kennen, und endlich war er mit sich einig, dass der Fremde kein anderer als sein ehemaliger Freund der Tannenhäuser sein könne. Er erstaunte und ein heimlicher Schauer bemächtigte sich seiner, als er die durchaus veränderten Züge deutlich gewahr wurde.

Die beiden Freunde umarmten sich, und erschraken dann einer vor dem andern, sie staunten sich an, wie fremde Wesen. Der Fragen, der verworrenen Antworten gab es viele; Friedrich erbebte oft vor dem wilden Blicke seines Freundes, in dem ein unverständliches Feuer brannte. Nachdem sich der Tannenhäuser einige Tage erholt hatte, erfuhr Friedrich, dass er auf einer Wallfahrt nach Rom begriffen sei.

Die beiden Freunde erneuerten bald ihre ehemaligen Gespräche und erzählten sich die Geschichte ihrer Jugend, doch verschwieg der Tannenhäuser noch immer sorgfältig, wo er seitdem gewesen. Friedrich aber drang in ihn, nachdem sie sich in ihre sonstige Vertraulichkeit wieder hineingefunden hatten, jener suchte sich lange den freundschaftlichen Bitten zu entziehen, doch endlich rief er aus: »Nun, so mag dein Wille erfüllt werden, du sollst alles erfahren, mache mir aber nachher keine Vorwürfe, wenn dich die Geschichte mit Bekümmernis und Grauen erfüllt.«

Sie gingen ins Freie und wandelten durch einen grünen Lustwald, wo sie sich niedersetzten, worauf der Tannenhäuser sein Haupt im grünen Grase verbarg und unter lautem Schluchzen seinem Freunde abgewandt die rechte Hand reichte, die dieser zärtlich drückte. Der trübselige Pilgrim richtete sich wieder auf, und begann seine Erzählung auf folgende Weise:

»Glaube mir, mein Teurer, dass manchem von uns ein böser Geist von seiner Geburt an mitgegeben wird, der ihn durch das Leben dahinängstigt und ihn nicht ruhen lässt, bis er an das Ziel seiner schwarzen Bestimmung gelangt ist. So geschahe mir, und mein ganzer Lebenslauf ist nur ein dauerndes Geburtswehe, und mein Erwachen wird in der Hölle sein. Darum habe ich nun schon so viele mühselige Schritte getan, und so manche stehn mir noch auf meiner Pilgerschaft bevor, ob ich vielleicht beim Heiligen Vater zu Rom Vergebung erlangen möchte: vor ihm will ich die schwere Ladung meiner Sünden ablegen, oder im Druck erliegen und verzweifelnd sterben.«

Friedrich wollte ihn trösten, doch schien der Tannenhäuser auf seine Reden nicht sonderlich achtzugeben, sondern fuhr nach einer kleinen Weile mit folgenden Worten fort: »Man hat ein altes Märchen, dass vor vielen Jahrhunderten ein Ritter mit dem Namen des getreuen Eckart gelebt habe; man erzählt, wie damals aus einem seltsamen Berge ein Spielmann gekommen sei, dessen wunderbarliche Töne so tiefe Sehnsucht, so wilde Wünsche in den Herzen aller Hörenden auferweckt haben, dass sie unwiderstreblich den Klängen nachgerissen worden, um sich in jenem Gebirge zu verlieren. Die Hölle hat damals ihre Pforten den armen Menschen weit aufgetan, und sie mit lieblicher Musik zu sich hereingespielt. Ich hörte als Knabe diese Erzählung oft und wurde nicht sonderlich davon gerührt, doch währte es nicht lange, so erinnerte mich die ganze Natur, jedweder Klang, jedwede Blume an die Sage von diesen herzergreifenden Tönen. Ich kann dir nicht ausdrücken, welche Wehmut, welche unaussprechliche Sehnsucht mich plötzlich ergriff, und wie in Banden hielt und fortfahren wollte, wenn ich dem Zug der Wolken nachsahe, die lichte herrliche Bläue erblickte, die zwischen ihnen hervordrang, welche Erinnerungen Wies und Wald in meinem tiefsten Herzen erwecken wollten. Oft ergriff mich die Lieblichkeit und Fülle der herrlichen Natur, dass ich die Arme ausstreckte und wie mit Flügeln hineinstreben wollte, um mich, wie der Geist der Natur, über Berg und Tal auszugießen, und mich in Gras und Büschen allseitig zu regen und die Fülle des Segens einzuatmen. Hatte mich am Tage die freie Landschaft entzückt, so ängstigten mich in der Nacht dunkle Traumbilder und stellten sich grauenhaft vor mich hin, als wenn sie mir den Weg zu allem Leben versperren wollten. Vor allen ließ ein Traum einen unauslöschlichen Eindruck in meinem Gemüte zurück, ob ich gleich nicht die Bilder deutlich wieder in meine Phantasie zurückrufen konnte. Mir dünkte, als wäre ein großes Gewühl in den Gassen, ich vernahm undeutliche Gespräche durcheinander, darauf ging ich, es war dunkle Nacht, in das Haus meiner Eltern, und nur mein Vater war zugegen und krank. Am nächsten Morgen fiel ich meinen Eltern um den Hals, umarmte sie inbrünstig und drückte sie an meine Brust, als wenn uns eine feindliche Gewalt voneinanderreißen wollte. ›Sollt ich dich verlieren?‹ sprach ich zum teuren Vater, ›o wie unglücklich und einsam wäre ich ohne dich in dieser Welt!‹ Sie trösteten mich, aber es gelang ihnen nicht, das dunkle Bild aus meinem Gedächtnisse zu entfernen.

Ich ward älter, indem ich mich stets von andern Knaben meines Alters entfernt hielt. Oft streifte ich einsam durch die Felder, und so geschah es an einem Morgen, dass ich meinen Weg verlor, und in einem dunkeln Walde, um Hülfe rufend, herumirrte. Nachdem ich so lange Zeit vergeblich nach einem Wege gesucht hatte, stand ich endlich plötzlich vor einem eisernen Gatterwerk, welches einen Garten umschloss. Durch dasselbe sah ich schöne dunkle Gänge vor mir, Fruchtbäume und Blumen, voran standen Rosengebüsche, die im Schein der Sonne glänzten. Ein unnennbares Sehnen zu den Rosen ergriff mich, ich konnte mich nicht zurückhalten, ich drängte mich mit Gewalt durch die eisernen Stäbe, und war nun im Garten. Alsbald fiel ich nieder, umfasste mit meinen Armen die Gebüsche, küsste die Rosen auf ihren roten Mund, und ergoss mich in Tränen. Als ich mich eine Zeit in dieser Entzückung verloren hatte kamen zwei Mädchen durch die Baumgänge, die eine älter, die andre von meinen Jahren. Ich erwachte aus meiner Betäubung, um mich einer höheren Trunkenheit hinzugeben. Mein Auge fiel auf die jüngere, und mir war in diesem Augenblicke, als würde ich von allen meinen unbekannten Schmerzen geheilt. Man nahm mich im Hause auf, die Eltern der beiden Kinder erkundigten sich nach meinem Namen, und schickten meinem Vater Botschaft, der mich gegen Abend selber wieder abholte.

Von diesem Tage hatte der ungewisse Lauf meines Lebens eine bestimmte Richtung gewonnen, meine Gedanken eilten immer wieder nach dem Schlosse und dem Mädchen zurück, denn hier schien mir die Heimat aller meiner Wünsche. Ich vergaß meiner gewohnten Freuden, ich vernachlässigte meine Gespielen, und besuchte oft den Garten, das Schloss und das Mädchen. Bald war ich dort wie ein Kind vom Hause, so dass man sich nicht mehr verwunderte, wenn ich zugegen war, und Emma ward mir mit jedem Tage lieber. So vergingen mir die Stunden, und eine Zärtlichkeit hatte mein Herz gefangengenommen, ohne dass ich es selber wusste. Meine ganze Bestimmung schien mir nun erfüllt, ich hatte keine andere Wünsche, als immer wiederzukommen, und wenn ich fortging, dieselbe Aussicht auf den künftigen Tag zu haben.

Um die Zeit ward ein junger Ritter in der Familie bekannt, der auch zugleich ein Freund meiner Eltern war, und sich bald ebenso, wie ich, an Emma schloss. Ich hasste ihn von diesem Augenblicke wie meinen Todfeind. Unbeschreiblich aber waren meine Gefühle, als ich wahrzunehmen glaubte, dass Emma seine Gesellschaft der meinigen vorziehe. Von dieser Stunde an war es, als wenn die Musik, die mich bis dahin begleitet hatte, in meinem Busen unterginge. Ich dachte nur Tod und Hass, wilde Gedanken erwachten in meiner Brust, wenn Emma nun auf der Laute die bekannten Gesänge sang. Auch verbarg ich meinen Widerwillen nicht, und bezeigte mich gegen meine Eltern, die mir Vorwürfe machten, wild und widerspenstig.

Nun irrte ich in den Wäldern und zwischen Felsen umher, gegen mich selber wütend: den Tod meines Gegners hatte ich beschlossen. Der junge Ritter hielt nach einigen Monden bei den Eltern um meine Geliebte an, sie wurde ihm zugesagt. Was mich sonst wunderbar in der ganzen vollen Natur angezogen und gereizt hatte, hatte sich mir in Emmas Bilde vereiniget; ich wusste, kannte und wollte kein anderes Glück als sie, ja ich hatte mir willkürlich vorgesetzt, dass ihren Verlust und mein Verderben ein und derselbe Tag herbeiführen solle.

Meine Eltern grämten sich über meine Verwilderung, meine Mutter war krank geworden, aber es rührte mich nicht, ich kümmerte mich wenig um ihren Zustand, und sah sie nur selten. Der Hochzeitstag meines Feindes rückte heran, und mit ihm wuchs meine Angst, die mich durch die Wälder und über die Berge trieb. Ich verwünschte Emma und mich mit den grässlichsten Flüchen. Um die Zeit hatte ich keinen Freund, kein Mensch wollte sich meiner annehmen, weil mich alle verloren gaben.

Die schreckliche Nacht vor dem Vermählungstage brach heran. Ich hatte mich unter Klippen verirrt und hörte unter mir die Waldströme brausen, oft erschrak ich vor mir selber. Als es Morgen war, sah ich meinen Feind von den Bergen herniedersteigen, ich fiel ihn mit beschimpfenden Reden an, er verteidigte sich, wir griffen zu den Schwertern, und bald sank er unter meinen wütenden Hieben nieder.

Ich eilte fort, ich sah mich nicht nach ihm um, aber seine Begleiter trugen den Leichnam fort. Nachts schwärmte ich um die Wohnung, die meine Emma einschloss, und nach wenigen Tagen vernahm ich im benachbarten Kloster Totengeläute und den Grabgesang der Nonnen. Ich fragte: man sagte mir, dass Fräulein Emma aus Gram über den Tod ihres Bräutigams gestorben sei.

Ich wusste nicht zu bleiben, ich zweifelte, ob ich lebe, ob alles Wahrheit sei. Ich eilte zurück zu meinen Eltern, und kam in der folgenden Nacht spät in die Stadt, in der sie wohnten. Alles war in Unruhe, Pferde und Rüstwagen erfüllten die Straßen, Lanzenknechte tummelten sich durcheinander und sprachen in verwirrten Reden: es war gerade an dem, dass der Kaiser einen Feldzug gegen seine Feinde unternehmen wollte. Ein einsames Licht brannte in der väterlichen Wohnung als ich hereintrat; eine drückende Beklemmung lag auf meiner Brust. Auf mein Anklopfen kommt mir mein Vater selbst mit leisem bedächtigen Schritte entgegen; sogleich erinnere ich mich des alten Traumes aus meinen Kinderjahren, und fühle mit innigster Bewegung, dass es dasselbe sei, was ich nun erlebe. Ich bin bestürzt, ich frage: ›Warum, Vater, seid Ihr so spät noch auf?‹ Er führt mich hinein und spricht: ›Ich muss wohl wachen, denn deine Mutter ist ja nun auch tot.‹

Die Worte fielen wie Blitze in meine Seele. Er setzte sich bedächtig nieder, ich mich an seine Seite, die Leiche lag auf einem Bette und war mit Tüchern seltsam zugehängt. Mein Herz wollte zerspringen. >Ich halte Wache<, sprach der Alte, >denn meine Gattin sitzt noch immer neben mir.< Meine Sinne vergingen, ich heftete meine Augen in einen Winkel, und nach kurzer Weile regte es sich wie ein Dunst, es wallte und wogte, und die bekannte Bildung meiner Mutter zog sich sichtbarlich zusammen, die nach mir mit ernsten Mienen schaute. Ich wollte fort, ich konnte nicht, denn die mütterliche Gestalt winkte und mein Vater hielt mich fest in den Armen, welcher mir leise zuflüsterte: >Sie ist aus Gram um dich gestorben.< Ich umfasste ihn mit aller kindlichen Brünstigkeit, ich vergoss brennende Tränen an seiner Brust. Er küsste mich, und mir schauderte, als seine Lippen kalt wie die Lippen eines Toten mich berührten. >Wie ist dir, Vater?< rief ich mit Entsetzen aus. Er zuckte schmerzhaft in sich zusammen und antwortete nicht. In wenigen Augenblicken fühlte ich ihn kälter werden, ich suchte nach seinem Herzen, es stand still, und im wehmütigen Wahnsinn hielt ich die Leiche in meiner Umarmung fest eingeklammert.

Wie ein Schein, gleich der ersten Morgenröte, flog es durch das dunkle Gemach; da saß der Geist meines Vaters neben dem Bilde meiner Mutter, und beide sahen nach mir mitleidig hin, wie ich die teure Leiche festhielt. Seitdem war es um mein Bewusstsein geschehn, wahnsinnig und kraftlos fanden mich die Diener am Morgen in der Totenkammer.« –

Bis hieher war der Tannenhäuser mit seiner Erzählung gekommen, indem ihm sein Freund Friedrich mit dem größten Erstaunen zuhörte, als er plötzlich abbrach und mit dem Ausdruck des größten Schmerzes innehielt. Friedrich war verlegen und nachdenkend, die beiden Freunde gingen in die Burg zurück, doch blieben sie in einem Zimmer allein.

Nachdem der Tannenhäuser eine Weile geschwiegen hatte, fing er wieder an. »Immer noch erschüttert mich das Andenken dieser Stunden tief, und ich begreife nicht, wie ich sie habe überleben können. Nunmehr schien mir die Erde und das Leben völlig ausgestorben und verwüstet, ich schleppte mich ohne Gedanken und Wunsch von einem Tage zum andern hinüber. Dann geriet ich in eine Gesellschaft von wilden jungen Leuten, und in Trunk und Wollust suchte ich den pochenden bösen Geist in mir zu besänftigen. Die alte brennende Ungeduld erwachte in meiner Brust von neuem, und ich konnte mich und meine Wünsche selber nicht verstehn. Ein Wüstling, Rudolf genannt, war mein Vertrauter geworden, der aber immer meine Klagen wie meine Sehnsucht verlachte. So mochte ein Jahr verflossen sein, als meine Angst bis zur Verzweiflung stieg; es drängte mich weiter, weiter hinein in eine unbekannte Ferne, ich hätte mich von den hohen Bergen hinab in den Glanz der Wiesenfarben, in das kühle Gebrause der Ströme stürzen mögen, um den glühenden Durst der Seele, die Unersättlichkeit zu löschen; ich sehnte mich nach der Vernichtung und wieder wie goldne Morgenwolken schwebten Hoffnung und Lebenslust vor mir hin und lockten mich nach. Da kam ich auf den Gedanken, dass die Hölle nach mir lüstern sei, und mir so Schmerzen wie Freuden entgegensende, um mich zu verderben, dass ein tückischer Geist alle meine Seelenkräfte nach der dunkeln Behausung richte und mich hinunterzügle. Da gab ich mich gefangen, um der Qualen, der wechselnden Entzückungen los zu werden. In der dunkelsten Nacht bestieg ich einen hohen Berg und rief mit allen Herzenskräften den Feind Gottes und der Menschen zu mir, so dass ich fühlte, er würde mir gehorchen müssen. Meine Worte zogen ihn herbei, er stand plötzlich neben mir und ich empfand kein Grauen. Da ging im Gespräch mit ihm der Glaube an jenen wunderbaren Berg von neuem in mir auf, und er lehrte mich ein Lied, das mich von selbst auf die rechte Straße dahin führen würde. Er verschwand, und ich war zum erstenmal, seit ich lebte, mit mir allein, denn nun verstand ich meine abirrenden Gedanken, die aus dem Mittelpunkte herausstrebten, um eine neue Welt zu finden. Ich machte mich auf den Weg, und das Lied, das ich mit lauter Stimme sang, führte mich über wunderbare Einöden fort, und alles übrige in mir und außer mir hatte ich vergessen; es trug mich wie auf großen Flügeln der Sehnsucht nach meiner Heimat, ich wollte dem Schatten entfliehen, der uns auch aus dem Glanze noch dräut, den wilden Tönen, die noch in der zartesten Musik auf uns schelten. So kam ich in einer Nacht, als der Mond hinter dunkeln Wolken matt hervorschien, vor dem Berge an. Ich setzte mein Lied fort, und eine Riesengestalt stand da und winkte mich mit ihrem Stabe zurück. Ich ging näher. ›Ich bin der getreue Eckart‹, rief die übermenschliche Bildung, ›ich bin von Gottes Güte hieher zum Wächter gesetzt, um des Menschen bösen Fürwitz zurückzuhalten.‹ – Ich drang hindurch.

Wie in einem unterirdischen Bergwerke war nun mein Weg. Der Steg war so schmal, dass ich mich hindurchdrängen musste, ich vernahm den Klang der verborgenen wandernden Gewässer, ich hörte die Geister, die die Erze und Gold und Silber bildeten, um den Menschengeist zu locken, ich fand die tiefen Klänge und Töne hier einzeln und verborgen, aus denen die irdische Musik entsteht; je tiefer ich ging, je mehr fiel es wie ein Schleier vor meinem Angesichte hinweg.

Ich ruhte aus und sah andre Menschengestalten heranwanken, mein Freund Rudolf war unter ihnen; ich begriff gar nicht, wie sie mir vorbeikommen würden, da der Weg so sehr enge war, aber sie gingen mitten durch die Steine hindurch, ohne dass sie mich gewahr wurden.

Alsbald vernahm ich Musik, aber eine ganz andre, als bis dahin zu meinem Gehör gedrungen war, meine Geister in mir arbeiteten den Tönen entgegen; ich kam ins Freie, und wunderhelle Farben glänzten mich von allen Seiten an. Das war es, was ich immer gewünscht hatte. Dicht am Herzen fühlte ich die Gegenwart der gesuchten, endlich gefundenen Herrlichkeit, und in mich spielten die Entzückungen mit allen ihren Kräften hinein. So kam mir das Gewimmel der frohen heidnischen Götter entgegen, Frau Venus an ihrer Spitze, alle begrüßten mich; sie sind dorthin gebannt von der Gewalt des Allmächtigen, und ihr Dienst ist von der Erde vertilgt; nun wirken sie von dort in ihrer Heimlichkeit.

Alle Freuden, die die Erde beut, genoss und schmeckte ich hier in ihrer vollsten Blüte, unersättlich war mein Busen und unendlich der Genuss. Die berühmten Schönheiten der alten Welt waren zugegen, was mein Gedanke wünschte, war in meinem Besitz, eine Trunkenheit folgte der andern, mit jedem Tage schien um mich her die Welt in bunteren Farben zu brennen. Ströme des köstlichsten Weines löschten den grimmen Durst, und die holdseligsten Gestalten gaukelten dann in der Luft, ein Gewimmel von nackten Mädchen umgab mich einladend, Düfte schwangen sich bezaubernd um mein Haupt, wie aus dem innersten Herzen der seligsten Natur erklang eine Musik, und kühlte mit ihren frischen Wogen der Begierde wilde Lüsternheit; ein Grauen, das so heimlich über die Blumenfelder schlich, erhöhte den entzückenden Rausch. Wie viele Jahre so verschwunden sind, weiß ich nicht zu sagen, denn hier gab es keine Zeit und keine Unterschiede, in den Blumen brannte der Mädchen und der Lüste Reiz, in den Körpern der Weiber blühte der Zauber der Blumen, die

Farben führten hier eine andre Sprache, die Töne sagten neue Worte, die ganze Sinnenwelt war hier in einer Blüte festgebunden, und die Geister drinnen feierten ewig einen brünstigen Triumph.

Doch wie es geschah, kann ich so wenig sagen wie fassen, dass mich nun in aller Sünderherrlichkeit der Trieb nach der Ruhe, der Wunsch zur alten unschuldigen Erde mit ihren dürftigen Freuden ebenso ergriff, wie mich vormals die Sehnsucht hiehergedrängt hatte. Es zog mich an, wieder jenes Leben zu leben, das die Menschen in aller Bewusstlosigkeit führen, mit Leiden und abwechselnden Freuden; ich war von dem Glanz gesättigt und suchte gern die vorige Heimat wieder. Eine unbegreifliche Gnade des Allmächtigen verschaffte mir die Rückkehr, ich befand mich plötzlich wieder in der Welt, und denke nun meinen sündigen Busen vor den Stuhl unsers Allerheiligsten Vaters in Rom auszuschütten, dass er mir vergebe und ich den übrigen Menschen wieder zugezählt werde.« –

Der Tannenhäuser schwieg still, und Friedrich betrachtete ihn lange mit einem prüfenden Blicke; dann nahm er die Hand seines Freundes und sagte: »Immer noch kann ich nicht von meinem Erstaunen zurückkommen, auch kann ich deine Erzählung nicht begreifen, denn es ist nicht anders möglich, als dass alles, was du mir vorgetragen hast, nur eine Einbildung von dir sein muss. Denn noch lebt Emma, sie ist meine Gattin, und nie haben wir gekämpft oder uns gehasst, wie du glaubst; doch verschwandest du noch vor unsrer Hochzeit aus der Gegend, auch hast du mir damals nie mit einem einzigen Worte gesagt, dass Emma dir lieb sei.«

Er nahm hierauf den verwirrten Tannenhäuser bei der Hand und führte ihn in ein anderes Zimmer zu seiner Gattin, die eben von einem Besuch ihrer Schwester, bei der sie einige Tage verweilt, auf das Schloss zurückgekommen war. Der Tannenhäuser war stumm und nachdenkend, er beschaute still die Bildung und das Antlitz der Frau, dann schüttelte er mit dem Kopfe und sagte: »Bei Gott, das ist noch die seltsamste von allen meinen Begebenheiten!«

Friedrich erzählte ihm im Zusammenhange alles, was ihm seitdem zugestoßen war, und suchte seinem Freunde deutlich zu machen, dass ihn ein seltsamer Wahnsinn nur seit manchem Jahre beängstiget habe. »Ich weiß recht gut wie es ist«, rief der Tannenhäuser aus, »jetzt bin ich getäuscht und wahnsinnig, die Hölle will mir dies Blendwerk vorgaukeln, damit ich nicht nach Rom gehn und meiner Sünden ledig werden soll.«

Emma suchte ihn an seine Kindheit zu erinnern, aber der Tannenhäuser ließ sich nicht überreden. So reiste er schnell ab, um in kurzer Zeit in Rom vom Papste Absolution zu erhalten.

Friedrich und Emma sprachen noch oft über den seltsamen Pilgrim. Einige Monden waren verflossen, als der Tannenhäuser bleich und abgezehrt, in zerrissenen Wallfahrtskleidern und barfuß in Friedrichs Gemach trat, indem dieser noch schlief. Er küsste ihn auf den Mund und sagte dann schnell die Worte: »Der Heilige Vater will und kann mir nicht vergeben, ich muss in meinen alten Wohnsitz zurück.« Hierauf entfernte er sich eilig.

Friedrich ermunterte sich, der unglückliche Pilger war schon verschwunden. Er ging nach dem Zimmer seiner Gattin, und die Weiber stürzten ihm mit Geheul entgegen; der Tannenhäuser war hier früh am Tage hereingedrungen und hatte die Worte gesagt: »Diese soll mich nicht in meinem Laufe stören!« Man fand Emma ermordet.

Noch konnte sich Friedrich nicht besinnen, als es ihn wie Entsetzen befiel; er konnte nicht ruhn, er rannte ins Freie. Man wollte ihn zurückhalten, aber er erzählte, wie ihm der Pilgrim einen Kuss auf die Lippen gegeben habe, und wie dieser Kuss ihn brenne, bis er jenen wiedergefunden. So rannte er in unbegreiflicher Eile fort, den wunderlichen Berg und den Tannenhäuser zu suchen, und man sah ihn seitdem nicht mehr. Die Leute sagten, wer einen Kuss von einem aus dem Berge bekommen, der könne der Lockung nicht widerstehn, die ihn auch mit Zaubergewalt in die unterirdischen Klüfte reiße.

Der Runenberg

Ein junger Jäger saß im innersten Gebirge nachdenkend bei einem Vogelherde, indem das Rauschen der Gewässer und des Waldes in der Einsamkeit tönte. Er bedachte sein Schicksal, wie er so jung sei, und Vater und Mutter, die wohlbekannte Heimat, und alle Befreundeten seines Dorfes verlassen hatte, um eine fremde Umgebung zu suchen, um sich aus dem Kreise der wiederkehrenden Gewöhnlichkeit zu entfernen, und er blickte mit einer Art von Verwunderung auf, dass er sich nun in diesem Tale, in dieser Beschäftigung wiederfand. Große Wolken zogen durch den Himmel und verloren sich hinter den Bergen, Vögel sangen aus den Gebüschen und ein Widerschall antwortete ihnen. Er stieg langsam den Berg hinunter, und setzte sich an den Rand eines Baches nieder, der über vorragendes Gestein schäumend murmelte. Er hörte auf die wechselnde Melodie des Wassers, und es schien, als wenn ihm die Wogen in unverständlichen Worten tausend Dinge sagten, die ihm so wichtig waren, und er musste sich innig betrüben, dass er ihre Reden nicht verstehen konnte. Wieder sah er dann umher und ihm dünkte, er sei froh und glücklich; so fasste er wieder neuen Mut und sang mit lauter Stimme einen Jägergesang.

> *»Froh und lustig zwischen Steinen*
> *Geht der Jüngling auf die Jagd,*
> *Seine Beute muss erscheinen*

In den grünlebendgen Hainen,
Sucht' er auch bis in die Nacht.

Seine treuen Hunde bellen
Durch die schöne Einsamkeit,
Durch den Wald die Hörner gellen,
Dass die Herzen mutig schwellen:
O du schöne Jägerzeit!

Seine Heimat sind die Klüfte,
Alle Bäume grüßen ihn,
Rauschen strenge Herbsteslüfte
Find't er Hirsch und Reh, die Schlüfte
Muss er jauchzend dann durchziehn.

Lass dem Landmann seine Mühen
Und dem Schiffer nur sein Meer,
Keiner sieht in Morgens Frühen
So Auroras Augen glühen,
Hängt der Tau am Grase schwer,

Als wer Jagd, Wild, Wälder kennet
Und Diana lacht ihn an,
Einst das schönste Bild entbrennet,
Die er seine Liebste nennet:
O beglückter Jägersmann!«

Während dieses Gesanges war die Sonne tiefer gesunken und breite Schatten fielen durch das enge Tal. Eine kühlende Dämmerung schlich über den Boden weg, und nur noch die Wipfel der Bäume, wie die runden Bergspitzen waren vom Schein des Abends vergoldet. Christians Gemüt ward immer trübseliger, er mochte nicht nach seinem Vogelherde zurückkehren, und dennoch mochte er nicht bleiben; es dünkte ihm so einsam und er sehnte sich nach Menschen. Jetzt wünschte er sich die alten Bücher, die er sonst bei seinem Vater gesehn, und die er niemals lesen mögen, sooft ihn auch der Vater dazu angetrieben hatte; es fielen ihm die Szenen seiner Kindheit ein, die Spiele mit der Jugend des Dorfes, seine Bekanntschaften unter den Kindern, die Schule, die ihm so drückend gewesen war, und er sehnte sich in alle diese Umgebungen zurück, die er freiwillig verlassen hatte, um sein Glück in unbekannten Gegenden, in Bergen, unter fremden Menschen, in einer neuen Beschäftigung zu finden. Indem es finstrer wurde, und der Bach lauter rauschte, und das Geflügel der Nacht seine irre Wanderung mit umschweifendem Fluge begann, saß er noch immer missvergnügt und in sich versunken; er hätte weinen mögen, und er war durchaus unentschlossen, was er tun und vornehmen solle. Gedankenlos zog er eine hervorragende Wurzel aus der Erde, und plötzlich hörte er erschreckend ein dumpfes Winseln im Boden, das sich unterirdisch in klagenden Tönen fortzog, und erst in der Ferne wehmütig verscholl. Der Ton durchdrang sein innerstes Herz, er ergriff ihn, als wenn er unvermutet die Wunde berührt habe, an der der sterbende Leichnam der Natur in Schmerzen verscheiden wolle. Er sprang auf und wollte entfliehen, denn er hatte wohl ehemals von der seltsamen Alrunenwurzel gehört, die beim Ausreißen so herzdurchschneidende Klagetöne von sich gebe, dass der Mensch von ihrem Gewinsel wahnsinnig werden müsse. Indem er fortgehen wollte, stand ein fremder Mann hinter ihm, welcher ihn freundlich ansah und fragte, wohin er wolle. Christian hatte sich Gesellschaft gewünscht, und doch erschrak er von neuem vor dieser freundlichen Gegenwart. »Wohin so eilig?« fragte der Fremde noch einmal. Der junge Jäger suchte sich zu sammeln und erzählte, wie ihm plötzlich die Einsamkeit so schrecklich vorgekommen sei, dass er sich habe retten wollen, der Abend sei so dunkel, die grünen Schatten des Waldes so traurig, der Bach spreche in lauter Klagen, die Wolken des Himmels zögen seine Sehnsucht jenseit den Bergen hinüber. »Ihr seid noch jung«, sagte der Fremde, »und könnt wohl die Strenge der Einsamkeit noch nicht ertragen, ich will Euch begleiten, denn Ihr findet doch kein Haus oder Dorf im Umkreis einer Meile, wir mögen unterwegs etwas sprechen und uns erzählen, so verliert Ihr die trüben Gedanken; in einer Stunde kommt der Mond hinter den Bergen hervor, sein Licht wird dann wohl auch Eure Seele Lichter machen.«

Sie gingen fort, und der Fremde dünkte dem Jünglinge bald ein alter Bekannter zu sein. »Wie seid Ihr in dieses Gebürge gekommen«, fragte jener, »Ihr seid hier, Eurer Sprache nach, nicht einheimisch.« – »Ach darüber«, sagte der Jüngling, »ließe sich viel sagen, und doch ist es wieder keiner Rede, keiner Erzählung wert; es hat mich wie mit fremder Gewalt aus dem Kreise meiner Eltern und Verwandten hinweggenommen, mein Geist war seiner selbst nicht mächtig; wie ein Vogel, der in einem Netz gefangen ist und sich vergeblich sträubt, so verstrickt war meine Seele in seltsamen Vorstellungen und Wünschen. Wir wohnten weit von hier in einer Ebene, in der man rund umher keinen Berg, kaum eine Anhöhe erblickte; wenige Bäume schmückten den grünen Plan, aber Wiesen, fruchtbare Kornfelder und Gärten zogen sich hin, so weit das Auge reichen konnte, ein großer Fluss glänzte wie ein mächtiger Geist an den Wiesen und Feldern vorbei. Mein Vater war Gärtner im Schloss und hatte vor, mich ebenfalls zu seiner Beschäftigung zu erziehen; er liebte die Pflanzen und Blumen über alles und konnte sich tagelang unermüdet mit ihrer Wartung und Pflege abgeben. Ja er ging so weit, dass er behauptete, er könne fast mit ihnen sprechen; er lerne von ihrem Wachstum und Gedeihen, so wie von der verschiedenen Gestalt und Farbe ihrer Blätter. Mir war die Gartenarbeit zuwider, um so mehr, als mein Vater mir zuredete, oder gar mit Drohungen mich zu zwingen versuchte. Ich wollte Fischer werden, und machte den Versuch, allein das Leben auf dem Wasser stand mir auch nicht an; ich wurde dann zu einem Handelsmann in die Stadt gegeben, und kam auch von ihm bald in das väterliche Haus zurück. Auf einmal hörte ich meinen Vater von Gebirgen erzählen, die er in seiner Jugend bereiset hatte, von den unterirdischen Bergwerken und ihren Arbeitern, von Jägern und ihrer Beschäftigung, und plötzlich erwachte in mir der bestimmteste Trieb, das Gefühl, dass ich nun die für mich bestimmte Lebensweise gefunden habe. Tag und Nacht sann ich und stellte mir hohe Berge, Klüfte und Tannenwälder vor; meine Einbildung erschuf sich ungeheure Felsen, ich hörte in Gedanken das Getöse der Jagd, die Hörner, und das Geschrei der Hunde und des Wildes; alle meine Träume waren damit angefüllt und darüber hatte ich nun weder Rast noch Ruhe mehr. Die Ebene, das Schloss, der kleine beschränkte Garten meines Vaters mit den geordneten Blumenbeeten, die enge Wohnung, der weite Himmel, der sich ringsum so traurig ausdehnte, und keine Höhe, keinen erhabenen Berg umarmte, alles ward mir noch betrübter und verhasster. Es schien mir, als wenn alle Menschen um mich her in der bejammernswürdigsten Unwissenheit lebten, und dass alle ebenso denken und empfinden würden, wie ich, wenn ihnen dieses Gefühl ihres Elendes nur ein einziges Mal in ihrer Seele aufginge. So trieb ich mich um, bis ich an einem Morgen den Entschluss fasste, das Haus meiner Eltern auf immer zu verlassen. Ich hatte in einem Buche Nachrichten vom nächsten großen Gebirge gefunden, Abbildungen einiger Gegenden, und darnach richtete ich meinen Weg ein. Es war im ersten Frühlinge und ich fühlte mich durchaus froh und leicht. Ich eilte, um nur recht bald das Ebene zu verlassen, und an einem Abende sah ich in der Ferne die dunkeln Umrisse des Gebirges vor mir liegen. Ich konnte in der Herberge kaum schlafen, so ungeduldig war ich, die Gegend zu betreten, die ich für meine Heimat ansah; mit dem frühesten war ich munter und wieder auf der Reise. Nachmittags befand ich mich schon unter den vielgeliebten Bergen, und wie ein Trunkner ging ich, stand dann eine Weile, schaute rückwärts, und berauschte mich in allen mir fremden und doch so wohlbekannten Gegenständen. Bald verlor ich die Ebene hinter mir aus dem Gesichte, die Waldströme rauschten mir entgegen, Buchen und Eichen brausten mit bewegtem Laube von steilen Abhängen herunter; mein Weg führte mich schwindlichten Abgründen vorüber, blaue Berge standen groß und ehrwürdig im Hintergrunde. Eine neue Welt war mir aufgeschlossen, ich wurde nicht müde. So kam ich nach einigen Tagen, indem ich einen großen Teil des Gebürges durchstreift hatte, zu einem alten Förster, der mich auf mein inständiges Bitten zu sich nahm, um mich in der Kunst der Jägerei zu unterrichten. Jetzt bin ich seit drei Monaten in seinen Diensten. Ich nahm von der Gegend, in der ich meinen Aufenthalt hatte, wie von einem Königreiche Besitz; ich lernte jede Klippe, jede Schluft des Gebürges kennen, ich war in meiner Beschäftigung, wenn wir am frühen Morgen nach dem Walde zogen, wenn wir Bäume im Forste fällten, wenn ich mein Auge und meine Büchse übte, und die treuen Gefährten, die Hunde zu ihren Geschicklichkeiten abrichtete, überaus glücklich. Jetzt sitze ich seit acht Tagen hier oben auf dem Vogelherde, im einsamsten Gebürge, und am Abend wurde mir heut so traurig zu Sinne, wie noch niemals in meinem Leben; ich kam mir so verloren, so ganz unglückselig vor, und noch kann ich mich nicht von dieser trüben Stimmung erholen.«

Der fremde Mann hatte aufmerksam zugehört, indem beide durch einen dunkeln Gang des Waldes gewandert waren. Jetzt traten sie ins Freie, und das Licht des Mondes, der oben mit seinen Hörnern über der Bergspitze stand, begrüßte sie freundlich: in unkenntlichen Formen und vielen gesonderten Massen, die der bleiche Schimmer wieder rätselhaft vereinigte, lag das gespaltene Gebürge vor ihnen, im Hintergrunde ein steiler Berg, auf welchem uralte verwitterte Ruinen schauerlich im weißen Lichte sich zeigten. »Unser Weg trennt sich hier«, sagte der Fremde, »ich gehe in diese Tiefe hinunter, dort bei jenem alten Schacht ist meine Wohnung: die Erze sind meine Nachbarn, die Berggewässer erzählen mir Wunderdinge in der Nacht, dahin kannst du mir doch nicht folgen. Aber siehe dort den Runenberg mit seinem schroffen Mauerwerke, wie schön und anlockend das alte Gestein zu uns herblickt! Bist du niemals dorten gewesen?« »Niemals«, sagte der junge Christian, »ich hörte einmal meinen alten Förster wundersame Dinge von diesem Berge erzählen, die ich töricht genug wieder vergessen habe; aber ich erinnere mich, dass mir an jenem Abend grauenhaft zumute war. Ich möchte wohl einmal die Höhe besteigen, denn die Lichter sind dort am schönsten, das Gras muss dorten recht grün sein, die Welt umher recht seltsam, auch mag sich's wohl treffen, dass man noch manch Wunder aus der alten Zeit da oben fände.«

»Es kann fast nicht fehlen«, sagte jener, »wer nur zu suchen versteht, wessen Herz recht innerlich hingezogen wird, der findet uralte Freunde dort und Herrlichkeiten, alles, was er am eifrigsten wünscht.« – Mit diesen Worten stieg der Fremde schnell hinunter, ohne seinem Gefährten Lebewohl zu sagen, bald war er im Dickicht des Gebüsches verschwunden, und kurz nachher verhallte auch der Tritt seiner Füße. Der junge Jäger war nicht verwundert, er verdoppelte nur seine Schritte nach dem Runenberge zu, alles winkte ihm dorthin, die Sterne schienen dorthin zu leuchten, der Mond wies mit einer hellen Straße nach den Trümmern, lichte Wolken zogen hinauf, und aus der Tiefe redeten ihm Gewässer und rauschende Wälder zu und sprachen ihm Mut ein. Seine Schritte waren wie beflügelt, sein Herz klopfte, er fühlte eine so große Freudigkeit in seinem Innern, dass sie zu einer Angst emporwuchs. – Er kam in Gegenden, in denen er nie gewesen war, die Felsen wurden steiler, das Grün verlor sich, die kahlen Wände riefen ihn wie mit zürnenden Stimmen an, und ein einsam klagender Wind jagte ihn vor sich her. So eilte er ohne Stillstand fort, und kam spät nach Mitternacht auf einen schmalen Fußsteig, der hart an einem Abgrunde hinlief. Er achtete nicht auf die Tiefe, die unter ihm gähnte und ihn zu verschlingen drohte, so sehr spornten ihn irre Vorstellungen und unverständliche Wünsche. Jetzt zog ihn der gefährliche Weg neben eine hohe Mauer hin, die sich in den Wolken zu verlieren schien; der Steig ward mit jedem Schritte schmaler, und der Jüngling musste sich an vorragenden Steinen festhalten, um nicht hinunterzustürzen. Endlich konnte er nicht weiter, der Pfad endigte unter einem Fenster, er musste stillstehen und wusste jetzt nicht, ob er umkehren, ob er bleiben solle. Plötzlich sah er ein Licht, das sich hinter dem alten Gemäuer zu bewegen schien. Er sah dem Scheine nach, und entdeckte, dass er in einen alten geräumigen Saal blicken konnte, der wunderlich verziert von mancherlei Gesteinen und Kristallen in vielfältigen Schimmern funkelte, die sich geheimnisvoll von dem wandelnden Lichte durcheinanderbewegten, welches eine große weibliche Gestalt trug, die sinnend im Gemache auf und nieder ging. Sie schien nicht den Sterblichen anzugehören, so groß, so mächtig waren ihre Glieder, so streng ihr Gesicht, aber doch dünkte dem entzückten Jünglinge, dass er noch niemals solche Schönheit gesehn oder geahnet habe. Er zitterte und wünschte doch heimlich, dass sie zum Fenster treten und ihn wahrnehmen möchte. Endlich stand sie still, setzte das Licht auf einen kristallenen Tisch nieder, schaute in die Höhe und sang mit durchdringlicher Stimme:

>*Wo die Alten weilen,*
Dass sie nicht erscheinen?
Die Kristallen weinen,
Von demantnen Säulen
Fließen Tränenquellen,
Töne klingen drein;
In den klaren hellen
Schön durchsichtigen Wellen
Bildet sich der Schein,
Der die Seelen ziehet,
Dem das Herz erglühet.
Kommt ihr Geister alle
Zu der goldnen Halle,
Hebt aus tiefen Dunkeln
Häupter, welche funkeln!
Macht der Herzen und der Geister,
Die so durstig sind im Sehnen,
Mit den leuchtend schönen Tränen
Allgewaltig euch zum Meister!<

Als sie geendigt hatte, fing sie an sich zu entkleiden, und ihre Gewänder in einen kostbaren Wandschrank zu legen. Erst nahm sie einen goldenen Schleier vom Haupte, und ein langes schwarzes Haar floss in geringelter Fülle bis über die Hüften hinab; dann löste sie das Gewand des Busens, und der Jüngling vergaß sich und die Welt im Anschauen der überirdischen Schönheit. Er wagte kaum zu atmen, als sie nach und nach alle Hüllen löste; nackt schritt sie endlich im Saale auf und nieder, und ihre schweren schwebenden Locken bildeten um sie her ein dunkel wogendes Meer, aus dem wie Marmor die glänzenden Formen des reinen Leibes abwechselnd hervorstrahlten. Nach geraumer Zeit näherte sie sich einem andern goldenen Schranke, nahm eine Tafel heraus, die von vielen eingelegten Steinen, Rubinen, Diamanten und allen Juwelen glänzte, und betrachtete sie lange prüfend. Die Tafel schien eine wunderliche unverständliche Figur mit ihren unterschiedlichen Farben und Linien zu bilden; zuweilen war, nachdem der Schimmer ihm entgegenspiegelte, der Jüngling schmerzhaft geblendet, dann wieder besänftigten grüne und blau spielende Scheine sein Auge: er aber stand, die Gegenstände mit seinen Blicken verschlingend, und zugleich tief in sich selbst versunken. In seinem Innern hatte sich ein Abgrund von Gestalten und Wohllaut, von Sehnsucht und Wollust aufgetan, Scharen von beflügelten Tönen und wehmütigen und freudigen Melodien zogen durch sein Gemüt, das bis auf den Grund bewegt war: er sah eine Welt von Schmerz und Hoffnung in sich aufgehen, mächtige Wunderfelsen von Vertrauen und trotzender Zuversicht, große Wasserströme, wie voll Wehmut fließend. Er kannte sich nicht wieder, und erschrak, als die Schöne das Fenster öffnete, ihm die magische steinerne Tafel reichte und die wenigen Worte sprach: »Nimm dieses zu meinem Angedenken!« Er fasste die Tafel und fühlte die Figur, die unsichtbar sogleich in sein Inneres überging, und das Licht und die mächtige Schönheit und der seltsame Saal waren verschwunden. Wie eine dunkele Nacht mit Wolkenvorhängen fiel es in sein Inneres hinein, er suchte nach seinen vorigen Gefühlen, nach jener Begeisterung und unbegreiflichen Liebe, er beschaute die kostbare Tafel, in welcher sich der untersinkende Mond schwach und bläulich spiegelte.

Noch hielt er die Tafel fest in seinen Händen gepresst, als der Morgen graute und er erschöpft, schwindelnd und halb schlafend die steile Höhe hinunterstürzte. –

Die Sonne schien dem betäubten Schläfer auf sein Gesicht, der sich erwachend auf einem anmutigen Hügel wiederfand. Er sah umher, und erblickte weit hinter sich und kaum noch kennbar am äußersten Horizont die Trümmer des Runenberges: er suchte nach jener Tafel, und fand sie nirgends. Erstaunt und verwirrt wollte er sich sammeln und seine Erinnerungen anknüpfen, aber sein Gedächtnis war wie mit einem wüsten Nebel angefüllt, in welchem sich formlose Gestalten wild und unkenntlich durcheinanderbewegten. Sein ganzes voriges Leben lag wie in einer tiefen Ferne hinter ihm; das Seltsamste und das Gewöhnliche war so ineinander vermischt, dass er es unmöglich sondern konnte. Nach langem Streite mit sich selbst glaubte er endlich, ein Traum oder ein plötzlicher Wahnsinn habe ihn in dieser Nacht befallen, nur begriff er immer nicht, wie er sich so weit in eine fremde entlegene Gegend habe verirren können.

Noch fast schlaftrunken stieg er den Hügel hinab, und geriet auf einen gebahnten Weg, der ihn vom Gebirge hinunter in das flache Land führte. Alles war ihm fremd, er glaubte anfangs, er würde in seine Heimat gelangen, aber er sah eine ganz verschiedene Gegend, und vermutete endlich, dass er sich jenseit der südlichen Grenze des Gebirges befinden müsse, welches er im Frühling von Norden her betreten hatte. Gegen Mittag stand er über einem Dorfe, aus dessen Hütten ein friedlicher Rauch in die Höhe stieg, Kinder spielten auf einem grünen Platze festtäglich geputzt, und aus der kleinen Kirche erscholl der Orgelklang und das Singen der Gemeine. Alles ergriff ihn mit unbeschreiblich süßer Wehmut, alles rührte ihn so herzlich, dass er weinen musste. Die engen Gärten, die kleinen Hütten mit ihren rauchenden Schornsteinen, die gerade abgeteilten Kornfelder erinnerten ihn an die Bedürftigkeit des armen Menschengeschlechts, an seine Abhängigkeit vom freundlichen Erdboden, dessen Milde es sich vertrauen muss; dabei erfüllte der Gesang und der Ton der Orgel sein Herz mit einer nie gefühlten Frömmigkeit. Seine Empfindungen und Wünsche der Nacht erschienen ihm ruchlos und frevelhaft, er wollte sich wieder kindlich, bedürftig und demütig an die Menschen wie an seine Brüder schließen, und sich von den gottlosen Gefühlen und Vorsätzen entfernen. Reizend und anlockend dünkte ihm die Ebene mit dem kleinen Fluss, der sich in mannigfaltigen Krümmungen um Wiesen und Gärten schmiegte; mit Furcht gedachte er an seinen Aufenthalt in dem einsamen Gebirge und zwischen den wüsten Steinen, er sehnte sich, in diesem friedlichen Dorfe wohnen zu dürfen, und trat mit diesen Empfindungen in die menschenerfüllte Kirche.

Der Gesang war eben beendigt und der Priester hatte seine Predigt begonnen, von den Wohltaten Gottes in der Ernte: wie seine Güte alles speiset und sättiget was lebt, wie wunderbar im Getreide für die Erhaltung des Menschengeschlechtes gesorgt sei, wie die Liebe Gottes sich unaufhörlich im Brote mitteile und der andächtige Christ so ein unvergängliches Abendmahl gerührt feiern könne. Die Gemeine war erbaut, des Jägers Blicke ruhten auf dem frommen Redner, und bemerkten dicht neben der Kanzel ein junges Mädchen, das vor allen andern der Andacht und Aufmerksamkeit hingegeben schien. Sie war schlank und blond, ihr blaues Auge glänzte von der durchdringendsten Sanftheit, ihr Antlitz war wie durchsichtig und in den zartesten Farben blühend. Der fremde Jüngling hatte sich und sein Herz noch niemals so empfunden, so voll Liebe und so beruhigt, so den stillsten und erquickendsten Gefühlen hingegeben. Er beugte sich weinend, als der Priester endlich den Segen sprach, er fühlte sich bei den heiligen Worten wie von einer unsichtbaren Gewalt durchdrungen, und das Schattenbild der Nacht in die tiefste Entfernung wie ein Gespenst hinabgerückt. Er verließ die Kirche, verweilte unter einer großen Linde, und dankte Gott in einem inbrünstigen Gebete, dass er ihn ohne sein Verdienst wieder aus den Netzen des bösen Geistes befreit habe.

Das Dorf feierte an diesem Tage das Erntefest und alle Menschen waren fröhlich gestimmt; die geputzten Kinder freuten sich auf die Tänze und Kuchen, die jungen Burschen richteten auf dem Platze im Dorfe, der von jungen Bäumen umgeben war, alles zu ihrer herbstlichen Festlichkeit ein, die Musikanten saßen und probierten ihre Instrumente. Christian ging noch einmal in das Feld hinaus, um sein Gemüt zu sammeln und seinen Betrachtungen nachzuhängen, dann kam er in das Dorf zurück, als sich schon alles zur Fröhlichkeit und zur Begehung des Festes vereiniget hatte. Auch die blonde Elisabeth war mit ihren Eltern zugegen, und der Fremde mischte sich in den frohen Haufen. Elisabeth tanzte, und er hatte unterdes bald mit dem Vater ein Gespräch angesponnen, der ein Pachter war und einer der reichsten Leute im Dorfe. Ihm schien die Jugend und das Gespräch des fremden Gastes zu gefallen, und so wurden sie in kurzer Zeit dahin einig, dass Christian als Gärtner bei ihm einziehen solle. Dieser konnte es unternehmen, denn er hoffte, dass ihm nun die Kenntnisse und Beschäftigungen zustatten kommen würden, die er in seiner Heimat so sehr verachtet hatte.

Jetzt begann ein neues Leben für ihn. Er zog bei dem Pachter ein und ward zu dessen Familie gerechnet; mit seinem Stande veränderte er auch seine Tracht. Er war so gut, so dienstfertig und immer freundlich, er stand seiner Arbeit so fleißig vor, dass ihm bald alle im Hause, vorzüglich aber die Tochter, gewogen wurden. Sooft er sie am Sonntage zur Kirche gehn sah, hielt er ihr einen schönen Blumenstrauß in Bereitschaft, für den sie ihm mit errötender Freundlichkeit dankte; er vermisste sie, wenn er sie an einem Tage nicht sah, dann erzählte sie ihm am Abend Märchen und lustige Geschichten. Sie wurden sich immer notwendiger, und die Alten, welche es bemerkten, schienen nichts dagegen zu haben, denn Christian war der fleißigste und schönste Bursche im Dorfe; sie selbst hatten vom ersten Augenblick einen Zug der Liebe und Freundschaft zu ihm gefühlt. Nach einem halben Jahre war Elisabeth seine Gattin. Es war wieder Frühling, die Schwalben und die Vögel des Gesanges kamen in das Land, der Garten stand in seinem schönsten Schmuck, die Hochzeit wurde mit aller Fröhlichkeit gefeiert, Braut und Bräutigam schienen trunken von ihrem Glücke. Am Abend spät, als sie in die Kammer gingen, sagte der junge Gatte zu seiner Geliebten: »Nein, nicht jenes Bild bist du, welches mich einst im Traum entzückte und das ich niemals ganz vergessen kann, aber doch bin ich glücklich in deiner Nähe und selig in deinen Armen.«

Wie vergnügt war die Familie, als sie nach einem Jahre durch eine kleine Tochter vermehrt wurde, welche man Leonora nannte. Christian wurde zwar zuweilen etwas ernster, indem er das Kind betrachtete, aber doch kam seine jugendliche Heiterkeit immer wieder zurück. Er gedachte kaum noch seiner vorigen Lebensweise, denn er fühlte sich ganz einheimisch und befriedigt. Nach einigen Monaten fielen ihm aber seine Eltern in die Gedanken, und wie sehr sich besonders sein Vater über sein ruhiges Glück, über seinen Stand als Gärtner und Landmann freuen würde; es ängstigte ihn, dass er Vater und Mutter seit so langer Zeit ganz hatte vergessen können, sein eigenes Kind erinnerte ihn, welche Freude die Kinder den Eltern sind, und so beschloss er dann endlich, sich auf die Reise zu machen und seine Heimat wieder zu besuchen.

Ungern verließ er seine Gattin; alle wünschten ihm Glück, und er machte sich in der schönen Jahreszeit zu Fuß auf den Weg. Er fühlte schon nach wenigen Stunden, wie ihn das Scheiden peinige, zum erstenmal empfand er in seinem Leben die Schmerzen der Trennung; die fremden Gegenstände erschienen ihm fast wild, ihm war, als sei er in einer feindseligen Einsamkeit verloren. Da kam ihm der Gedanke, dass seine Jugend vorüber sei, dass er eine Heimat gefunden, der er angehöre, in die sein Herz Wurzel geschlagen habe; er wollte fast den verlornen Leichtsinn der vorigen Jahre beklagen, und es war ihm äußerst trühselig zumute, als er für die Nacht auf einem Dorfe in dem Wirtshause einkehren musste. Er begriff nicht, warum er sich von seiner freundlichen Gattin und den erworbenen Eltern entfernt habe, und verdrießlich und murrend machte er sich am Morgen auf den Weg, um seine Reise fortzusetzen.

Seine Angst nahm zu, indem er sich dem Gebirge näherte, die fernen Ruinen wurden schon sichtbar und traten nach und nach kenntlicher hervor, viele Bergspitzen hoben sich abgeründet aus dem blauen Nebel. Sein Schritt wurde zaghaft, er blieb oft stehen und verwunderte sich über seine Furcht, über die Schauer, die ihm mit jedem Schritte gedrängter nahe kamen. »Ich kenne dich Wahnsinn wohl«, rief er aus, »und dein gefährliches Locken, aber ich will dir männlich widerstehn! Elisabeth ist kein schnöder Traum, ich weiß, dass sie jetzt an mich denkt, dass sie auf mich wartet und liebevoll die Stunden meiner Abwesenheit zählt. Sehe ich nicht schon Wälder wie schwarze Haare vor mir? Schauen nicht aus dem Bache die blitzenden Augen nach mir her? Schreiten die großen Glieder nicht aus den Bergen auf mich zu?« – Mit diesen Worten wollte er sich um auszuruhen unter einen Baum niederwerfen, als er im Schatten desselben einen alten Mann sitzen sah, der mit der größten Aufmerksamkeit eine Blume betrachtete, sie bald gegen die Sonne hielt, bald wieder mit seiner Hand beschattete, ihre Blätter zählte, und überhaupt sich bemühte, sie seinem Gedächtnisse genau einzuprägen. Als er näher ging, erschien ihm die Gestalt bekannt, und bald blieb ihm kein Zweifel übrig, dass der Alte mit der Blume sein Vater sei. Er stürzte ihm mit dem Ausdruck der heftigsten Freude in die Arme; jener war vergnügt, aber nicht überrascht, ihn so plötzlich wiederzusehen. »Kömmst du mir schon entgegen, mein Sohn?« sagte der Alte, »ich wusste, dass ich dich bald finden würde, aber ich glaubte nicht, dass mir schon am heutigen Tage die Freude widerfahren sollte.« – »Woher wusstet Ihr, Vater, dass Ihr mich antreffen würdet?« – »An dieser Blume«, sprach der alte Gärtner; »seit ich lebe, habe ich mir gewünscht, sie einmal sehen zu können, aber niemals ist es mir so gut geworden, weil sie sehr selten ist, und nur in Gebirgen wächst: ich machte mich auf dich zu suchen, weil deine Mutter gestorben ist und mir zu Hause die Einsamkeit zu drückend und trübselig war. Ich wusste nicht, wohin ich meinen Weg richten sollte, endlich wanderte ich durch das Gebirge, so traurig mir auch die Reise vorkam; ich suchte beiher nach der Blume, konnte sie aber nirgends entdecken, und nun finde ich sie ganz unvermutet hier, wo schon die schöne Ebene sich ausstreckt; daraus wusste ich, dass ich dich bald finden musste, und sieh, wie die liebe Blume mir geweissagt hat!« Sie umarmten sich wieder, und Christian beweinte seine Mutter; der Alte aber fasste seine Hand und sagte: »Lass uns gehen, dass wir die Schatten des Gebirges bald aus den Augen verlieren, mir ist immer noch weh ums Herz von den steilen wilden Gestalten, von dem grässlichen Geklüft, von den schluchzenden

Wasserbächen; lass uns das gute, fromme, ebene Land besuchen.«

Sie wanderten zurück, und Christian ward wieder froher. Er erzählte seinem Vater von seinem neuen Glücke, von seinem Kinde und seiner Heimat; sein Gespräch machte ihn selbst wie trunken, und er fühlte im Reden erst recht, wie nichts mehr zu seiner Zufriedenheit ermangle. So kamen sie unter Erzählungen, traurigen und fröhlichen, in dem Dorfe an. Alle waren über die frühe Beendigung der Reise vergnügt, am meisten Elisabeth. Der alte Vater zog zu ihnen, und gab sein kleines Vermögen in ihre Wirtschaft; sie bildeten den zufriedensten und einträchtigsten Kreis von Menschen. Der Acker gedieh, der Viehstand mehrte sich, Christians Haus wurde in wenigen Jahren eins der ansehnlichsten im Orte; auch sah er sich bald als den Vater von mehreren Kindern.

Fünf Jahre waren auf diese Weise verflossen, als ein Fremder auf seiner Reise in ihrem Dorfe einkehrte, und in Christians Hause, weil es die ansehnlichste Wohnung war, seinen Aufenthalt nahm. Er war ein freundlicher, gesprächiger Mann, der vieles von seinen Reisen erzählte, der mit den Kindern spielte und ihnen Geschenke machte, und dem in kurzem alle gewogen waren. Es gefiel ihm so wohl in der Gegend, dass er sich einige Tage hier aufhalten wollte; aber aus den Tagen wurden Wochen, und endlich Monate. Keiner wunderte sich über die Verzögerung, denn alle hatten sich schon daran gewöhnt, ihn mit zur Familie zu zählen. Christian saß nur oft nachdenklich, denn es kam ihm vor, als kenne er den Reisenden schon von ehemals, und doch konnte er sich keiner Gelegenheit erinnern, bei welcher er ihn gesehen haben möchte. Nach dreien Monaten nahm der Fremde endlich Abschied und sagte: »Liebe Freunde, ein wunderbares Schicksal und seltsame Erwartungen treiben mich in das nächste Gebirge hinein,

ein zaubervolles Bild, dem ich nicht widerstehen kann, lockt mich; ich verlasse euch jetzt, und ich weiß nicht, ob ich wieder zu euch zurückkommen werde; ich habe eine Summe Geldes bei mir, die in euren Händen sicherer ist als in den meinigen, und deshalb bitte ich euch, sie zu verwahren; komme ich in Jahresfrist nicht zurück, so behaltet sie, und nehmet sie als einen Dank für eure mir bewiesene Freundschaft an.«

So reiste der Fremde ab, und Christian nahm das Geld in Verwahrung. Er verschloss es sorgfältig und sah aus übertriebener Ängstlichkeit zuweilen wieder nach, zählte es über, ob nichts daran fehle, und machte sich viel damit zu tun. »Diese Summe könnte uns recht glücklich machen«, sagte er einmal zu seinem Vater, »wenn der Fremde nicht zurückkommen sollte, für uns und unsre Kinder wäre auf immer gesorgt.« »Lass das Gold«, sagte der Alte, »darinne liegt das Glück nicht, uns hat bisher noch gottlob nichts gemangelt, und entschlage dich überhaupt dieser Gedanken.«

Oft stand Christian in der Nacht auf, um die Knechte zur Arbeit zu wecken und selbst nach allem zu sehn; der Vater war besorgt, dass er durch übertriebenen Fleiß seiner Jugend und Gesundheit schaden möchte: daher machte er sich in einer Nacht auf, um ihn zu ermahnen, seine übertriebene Tätigkeit einzuschränken, als er ihn zu seinem Erstaunen bei einer kleinen Lampe am Tische sitzend fand, indem er wieder mit der größten Emsigkeit die Goldstücke zählte. »Mein Sohn«, sagte der Alte mit Schmerzen, »soll es dahin mit dir kommen, ist dieses verfluchte Metall nur zu unserm Unglück unter dieses Dach gebracht? Besinne dich, mein Lieber, so muss dir der böse Feind Blut und Leben verzehren.« –«Ja«, sagte Christian, »ich verstehe mich selber nicht mehr, weder bei Tage noch in der Nacht lässt es mir Ruhe; seht, wie es mich jetzt wieder anblickt, dass mir der rote Glanz tief in mein Herz hineingeht! Horcht, wie es klingt, dies güldene Blut! das ruft mich, wenn ich schlafe, ich höre es, wenn Musik tönt, wenn der Wind bläst, wenn Leute auf der Gasse sprechen; scheint die Sonne, so sehe ich nur diese gelben Augen, wie es mir zublinzelt, und mir heimlich ein Liebeswort ins Ohr sagen will: so muss ich mich wohl nächtlicherweise aufmachen, um nur seinem Liebesdrang genugzutun, und dann fühle ich es innerlich jauchzen und frohlocken, wenn ich es mit meinen Fingern berühre, es wird vor Freuden immer röter und herrlicher; schaut nur selbst die Glut der Entzückung an!« – Der Greis nahm schaudernd und weinend den Sohn in seine Arme, betete und sprach dann: »Christel, du musst dich wieder zum Worte Gottes wenden, du musst fleißiger und andächtiger in die Kirche gehen, sonst wirst du verschmachten und im traurigsten Elende dich verzehren.«

Das Geld wurde wieder weggeschlossen, Christian versprach sich zu ändern und in sich zu gehn, und der Alte ward beruhigt. Schon war ein Jahr und mehr vergangen, und man hatte von dem Fremden noch nichts wieder in Erfahrung bringen können; der Alte gab nun endlich den Bitten seines Sohnes nach, und das zurückgelassene Geld wurde in Ländereien und auf andere Weise angelegt. Im Dorfe wurde bald von dem Reichtum des jungen Pachters gesprochen, und Christian schien außerordentlich zufrieden und vergnügt, so dass der Vater sich glücklich pries, ihn so wohl und heiter zu sehn: alle Furcht war jetzt in seiner Seele verschwunden. Wie sehr musste er daher erstaunen, als ihn an einem Abend Elisabeth beiseit nahm und unter Tränen erzählte, wie sie ihren Mann nicht mehr verstehe, er spreche so irre, vorzüglich des Nachts, er träume schwer, gehe oft im Schlafe lange in der Stube herum, ohne es zu wissen, und erzähle wunderbare Dinge, vor denen sie oft schaudern müsse. Am schrecklichsten sei ihr seine Lustigkeit am Tage, denn sein Lachen sei so wild und frech, sein Blick irre und fremd. Der Vater erschrak und die betrübte Gattin fuhr fort: »Immer spricht er von dem Fremden, und behauptet, dass er ihn schon sonst gekannt habe, denn dieser fremde Mann sei eigentlich ein wunderschönes Weib; auch will er gar nicht mehr auf das Feld hinausgehn oder im Garten arbeiten, denn er sagt, er höre ein unterirdisches fürchterliches Ächzen, sowie er nur eine Wurzel ausziehe; er fährt zusammen und scheint sich vor allen Pflanzen und Kräutern wie vor Gespenstern zu entsetzen« – »Allgütiger Gott!« rief der Vater aus, »ist der fürchterliche Hunger in ihn schon so fest hineingewachsen, dass es dahin hat kommen können? So ist sein verzaubertes Herz nicht menschlich mehr, sondern von kaltem Metall; wer keine Blume mehr liebt, dem ist alle Liebe und Gottesfurcht verloren.«

Am folgenden Tage ging der Vater mit dem Sohne spazieren, und sagte ihm manches wieder, was er von Elisabeth gehört hatte; er ermahnte ihn zur Frömmigkeit, und dass er seinen Geist heiligen Betrachtungen widmen solle. Christian sagte: »Gern, Vater, auch ist mir oft ganz wohl, und es gelingt mir alles gut; ich kann auf lange Zeit, auf Jahre, die wahre Gestalt meines Innern vergessen, und gleichsam ein fremdes Leben mit Leichtigkeit führen: dann geht aber plötzlich wie ein neuer Mond das regierende Gestirn, welches ich selber bin, in meinem Herzen auf, und besiegt die fremde Macht. Ich könnte ganz froh sein, aber einmal, in einer seltsamen Nacht, ist mir durch die Hand ein geheimnisvolles Zeichen tief in mein Gemüt hineingeprägt; oft schläft und ruht die magische Figur, ich meine sie ist vergangen, aber dann quillt sie wie ein Gift plötzlich wieder hervor, und wegt sich in allen Linien. Dann kann ich sie nur denken und fühlen, und alles umher ist verwandelt, oder vielmehr von dieser Gestaltung verschlungen worden. Wie der Wahnsinnige beim Anblick des Wassers sich entsetzt, und das empfangene Gift noch giftiger in ihm wird, so geschieht es mir bei allen eckigen Figuren, bei jeder Linie, bei jedem Strahl, alles will dann die inwohnende Gestalt entbinden und zur Geburt befördern, und mein Geist und Körper fühlt die Angst; wie sie das Gemüt durch ein Gefühl von außen empfing, so will es sie dann wieder quälend und ringend zum äußern Gefühl hinausarbeiten, um ihrer los und ruhig zu werden.«

»Ein unglückliches Gestirn war es«, sprach der Alte, »das dich von uns hinwegzog; du warst für ein stilles Leben geboren, dein Sinn neigte sich zur Ruhe und zu den Pflanzen, da führte dich deine Ungeduld hinweg, in die Gesellschaft der verwilderten Steine: die Felsen, die zerrissenen Klippen mit ihren schroffen Gestalten haben dein Gemüt zerrüttet, und den verwüstenden Hunger nach dem Metall in dich gepflanzt. Immer hättest du dich vor dem Anblick des Gebirges hüten und bewahren müssen, und so dachte ich dich auch zu erziehen, aber es hat nicht sein sollen. Deine Demut, deine Ruhe, dein kindlicher Sinn ist von Trotz, Wildheit und Übermut verschüttet.«

»Nein«, sagte der Sohn, »ich erinnere mich ganz deutlich, dass mir eine Pflanze zuerst das Unglück der ganzen Erde bekannt gemacht hat, seitdem verstehe ich erst die Seufzer und Klagen, die allenthalben in der ganzen Natur vernehmbar sind, wenn man nur darauf hören will; in den Pflanzen, Kräutern, Blumen und Bäumen regt und bewegt sich schmerzhaft nur eine große Wunde, sie sind der Leichnam vormaliger herrlicher Steinwelten, sie bieten unserm Auge die schrecklichste Verwesung dar. Jetzt verstehe ich es wohl, dass es dies war, was mir jene Wurzel mit ihrem tiefgeholten Ächzen sagen wollte, sie vergaß sich in ihrem Schmerze und verriet mir alles. Darum sind alle grünen Gewächse so erzürnt auf mich, und stehn mir nach dem Leben; sie wollen jene geliebte Figur in meinem Herzen auslöschen, und in jedem Frühling mit ihrer verzerrten Leichenmiene meine Seele gewinnen. Unerlaubt und tückisch ist es, wie sie dich, alter Mann, hintergangen haben, denn von deiner Seele haben sie gänzlich Besitz genommen. Frage nur die Steine, du wirst erstaunen, wenn du sie reden hörst.«

Der Vater sah ihn lange an, und konnte ihm nichts mehr antworten. Sie gingen schweigend zurück nach Hause, und der Alte musste sich jetzt ebenfalls vor der Lustigkeit seines Sohnes entsetzen, denn sie dünkte ihm ganz fremdartig, und als wenn ein andres Wesen aus ihm, wie aus einer Maschine, unbeholfen und ungeschickt herausspiele. –

Das Erntefest sollte wieder gefeiert werden, die Gemeine ging in die Kirche, und auch Elisabeth zog sich mit den Kindern an, um dem Gottesdienste beizuwohnen; ihr Mann machte auch Anstalten, sie zu begleiten, aber noch vor der Kirchentür kehrte er um, und ging tiefsinnend vor das Dorf hinaus. Er setzte sich auf die Anhöhe, und sahe wieder die rauchenden Dächer unter sich, er hörte den Gesang und Orgelton von der Kirche her, geputzte Kinder tanzten und spielten auf dem grünen Rasen. »Wie habe ich mein Leben in einem Traume verloren!« sagte er zu sich selbst; »Jahre sind verflossen, dass ich von hier hinunterstieg, unter die Kinder hinein; die damals hier spielten, sind heute dort ernsthaft in der Kirche; ich trat auch in das Gebäude, aber heut ist Elisabeth nicht mehr ein blühendes kindliches Mädchen, ihre Jugend ist vorüber, ich kann nicht mit der Sehnsucht wie damals den Blick ihrer Augen aufsuchen: so habe ich mutwillig ein hohes ewiges Glück aus der Acht gelassen, um ein vergängliches und zeitliches zu gewinnen.«

Er ging sehnsuchtsvoll nach dem benachbarten Walde, und vertiefte sich in seine dichtesten Schatten. Eine schauerliche Stille umgab ihn, keine Luft rührte sich in den Blättern. Indem sah er einen Mann von ferne auf sich zukommen, den er für den Fremden erkannte; er erschrak, und sein erster Gedanke war, jener würde sein Geld von ihm zurückfordern. Als die Gestalt etwas näher kam, sah er, wie sehr er sich geirrt hatte, denn die Umrisse, welche er wahrzunehmen gewähnt, zerbrachen wie in sich selber; ein altes Weib von der äußersten Hässlichkeit kam auf ihn zu, sie war in schmutzige Lumpen gekleidet, ein zerrissenes Tuch hielt einige greise Haare zusammen, sie hinkte an einer Krücke. Mit fürchterlicher Stimme redete sie Christian an, und fragte nach seinem Namen und Stande; er antwortete ihr umständlich und sagte darauf: »Aber wer bist du?« »Man nennt mich das Waldweib«, sagte jene, »und jedes Kind weiß von mir zu erzählen; hast du mich niemals gekannt?« Mit den letzten Worten wandte sie sich um, und Christian glaubte zwischen den Bäumen den goldenen Schleier, den hohen Gang, den mächtigen Bau der Glieder wiederzuerkennen. Er wollte ihr nacheilen, aber seine Augen fanden sie nicht mehr.

Indem zog etwas Glänzendes seine Blicke in das grüne Gras nieder. Er hob es auf und sahe die magische Tafel mit den farbigen Edelgesteinen, mit der seltsamen Figur wieder, die er vor so manchem Jahr verloren hatte. Die Gestalt und die bunten Lichter drückten mit der plötzlichsten Gewalt auf alle seine Sinne. Er fasste sie recht fest an, um sich zu überzeugen, dass er sie wieder in seinen Händen halte, und eilte dann damit nach dem Dorfe zurück. Der Vater begegnete ihm. »Seht«, rief er ihm zu, »das, wovon ich Euch so oft erzählt habe, was ich nur im Traum zu sehn glaubte, ist jetzt gewiss und wahrhaftig mein.« Der Alte betrachtete die Tafel lange und sagte: »Mein Sohn, mir schaudert recht im Herzen, wenn ich die Lineamente dieser Steine betrachte und ahnend den Sinn dieser Wortfügung errate; sieh her, wie kalt sie funkeln, welche grausame Blicke sie von sich geben, blutdürstig, wie das rote Auge des Tigers. Wirf diese Schrift weg, die dich kalt und grausam macht, die dein Herz versteinern muss:

Sieh die zarten Blüten keimen,
Wie sie aus sich selbst erwachen,
Und wie Kinder aus den Träumen
Dir entgegen lieblich lachen.

Ihre Farbe ist im Spielen
Zugekehrt der goldnen Sonne,
Deren heißen Kuss zu fühlen,
Das ist ihre höchste Wonne:

An den Küssen zu verschmachten,
Zu vergehn in Lieb und Wehmut;
Also stehn, die eben lachten,
Bald verwelkt in stiller Demut.

Das ist ihre höchste Freude,
Im Geliebten sich verzehren,
Sich im Tode zu verklären,
Zu vergehn in süßem Leide.

Dann ergießen sie die Düfte,
Ihre Geister, mit Entzücken
Es berauschen sich die Lüfte
Im balsamischen Erquicken.

Liebe kommt zum Menschenherzen,
Regt die goldnen Saitenspiele,
Und die Seele spricht: ich fühle

Was das Schönste sei, wonach ich ziele,
Wehmut, Sehnsucht und der Liebe Schmerzen.«

»Wunderbare, unermessliche Schätze«, antwortete der Sohn, »muss es noch in den Tiefen der Erde geben. Wer diese ergründen, heben und an sich reißen könnte! Wer die Erde so wie eine geliebte Braut an sich zu drücken vermöchte, dass sie ihm in Angst und Liebe gern ihr Kostbarstes gönnte! Das Waldweib hat mich gerufen, ich gehe sie zu suchen. Hier nebenan ist ein alter verfallener Schacht, schon vor Jahrhunderten von einem Bergmanne ausgegraben vielleicht, dass ich sie dort finde!«

Er eilte fort. Vergeblich strebte der Alte, ihn zurückzuhalten, jener war seinen Blicken bald entschwunden. Nach einigen Stunden, nach vieler Anstrengung gelangte der Vater an den alten Schacht; er sah die Fußstapfen im Sande am Eingange eingedrückt, und kehrte weinend um, in der Überzeugung, dass sein Sohn im Wahnsinn hineingegangen, und in alte gesammelte Wässer und Untiefen versunken sei.

Seitdem war er unaufhörlich betrübt und in Tränen. Das ganze Dorf trauerte um den jungen Pachter, Elisabeth war untröstlich, die Kinder jammerten laut. Nach einem halben Jahre war der alte Vater gestorben, Elisabeths Eltern folgten ihm bald nach, und sie musste die große Wirtschaft allein verwalten. Die angehäuften Geschäfte entfernten sie etwas von ihrem Kummer, die Erziehung der Kinder, die Bewirtschaftung des Gutes ließen ihr für Sorge und Gram keine Zeit übrig. So entschloss sie sich nach zwei Jahren zu einer neuen Heirat, sie gab ihre Hand einem jungen heitern Manne, der sie von Jugend auf geliebt hatte. Aber bald gewann alles im Hause eine andre Gestalt. Das Vieh starb, Knechte und Mägde waren untreu, Scheuren mit Früchten wurden vom Feuer verzehrt, Leute in der Stadt, bei welchen

Summen standen, entwichen mit dem Gelde. Bald sah sich der Wirt genötigt, einige Äcker und Wiesen zu verkaufen; aber ein Misswachs und teures Jahr brachten ihn nur in neue Verlegenheit. Es schien nicht anders, als wenn das so wunderbar erworbene Geld auf allen Wegen eine schleunige Flucht suchte; indessen mehrten sich die Kinder, und Elisabeth sowohl als ihr Mann wurden in der Verzweiflung unachtsam und saumselig; er suchte sich zu zerstreuen, und trank häufigen und starken Wein, der ihn verdrießlich und jähzornig machte, so dass oft Elisabeth mit heißen Zähren ihr Elend beweinte. So wie ihr Glück wich, zogen sich auch die Freunde im Dorfe von ihnen zurück, so dass sie sich nach einigen Jahren ganz verlassen sahn, und sich nur mit Mühe von einer Woche zur andern hinüberfristeten.

Es waren ihnen nur wenige Schafe und eine Kuh übriggeblieben, welche Elisabeth oft selber mit den Kindern hütete. So saß sie einst mit ihrer Arbeit auf dem Anger, Leonore zu ihrer Seite und ein saugendes Kind an der Brust, als sie von ferne herauf eine wunderbare Gestalt kommen sahen. Es war ein Mann in einem ganz zerrissenen Rocke, barfüßig, sein Gesicht schwarzbraun von der Sonne verbrannt, von einem langen struppigen Bart noch mehr entstellt; er trug keine Bedeckung auf dem Kopf, hatte aber von grünem Laube einen Kranz durch sein Haar geflochten, welcher sein wildes Ansehn noch seltsamer und unbegreiflicher machte. Auf dem Rücken trug er in einem festgeschnürten Sack eine schwere Ladung, im Gehen stützte er sich auf eine junge Fichte.

Als er näher kam, setzte er seine Last nieder, und holte schwer Atem. Er bot der Frau guten Tag, die sich vor seinem Anblicke entsetzte, das Mädchen schmiegte sich an ihre Mutter. Als er ein wenig geruht hatte, sagte er: »Nun komme ich von einer sehr beschwerlichen Wanderschaft aus dem rauhesten Gebirge auf Erden, aber ich habe dafür auch endlich die kostbarsten Schätze mitgebracht, die die Einbildung nur denken oder das Herz sich wünschen kann. Seht hier, und erstaunt!« Er öffnete hierauf seinen Sack und schüttete ihn aus; dieser war voller Kiesel, unter denen große Stücke Quarz, nebst andern Steinen lagen. »Es ist nur«, fuhr er fort, »dass diese Juwelen noch nicht poliert und geschliffen sind, darum fehlt es ihnen noch an Auge und Blick; das äußerliche Feuer mit seinem Glanze ist noch zu sehr in ihren inwendigen Herzen begraben, aber man muss es nur herausschlagen, dass sie sich fürchten, dass keine Verstellung ihnen mehr nützt, so sieht man wohl, wes Geistes Kind sie sind.« – Er nahm mit diesen Worten einen harten Stein und schlug ihn heftig gegen einen andern, so dass die roten Funken heraussprangen. »Habt ihr den Glanz gesehen?« rief er aus; »so sind sie ganz Feuer und Licht, sie erhellen das Dunkel mit ihrem Lachen, aber noch tun sie es nicht freiwillig.« – Er packte hierauf alles wieder sorgfältig in seinen Sack, welchen er fest zusammenschnürte. »Ich kenne dich recht gut«, sagte er dann wehmütig, »du bist Elisabeth.« Die Frau erschrak. »Wie ist dir doch mein Name bekannt«, fragte sie mit ahnendem Zittern. –«Ach, lieber Gott!« sagte der Unglückselige, »ich bin ja der Christian, der einst als Jäger zu euch kam, kennst du mich denn nicht mehr?«

Sie wusste nicht, was sie im Erschrecken und tiefsten Mitleiden sagen sollte. Er fiel ihr um den Hals, und küsste sie. Elisabeth rief aus: »O Gott! mein Mann kommt!«

»Sei ruhig«, sagte er, »ich bin dir so gut wie gestorben; dort im Walde wartet schon meine Schöne, die Gewaltige, auf mich, die mit dem goldenen Schleier geschmückt ist. Dieses ist mein liebstes Kind, Leonore. Komm her, mein teures, liebes Herz, und gib mir auch einen Kuss, nur einen einzigen, dass ich einmal wieder deinen Mund auf meinen Lippen fühle, dann will ich euch verlassen.«

Leonore weinte; sie schmiegte sich an ihre Mutter, die in Schluchzen und Tränen sie halb zum Wandrer lenkte, halb zog sie dieser zu sich, nahm sie in die Arme, und drückte sie an seine Brust. – Dann ging er still fort, und im Walde sahen sie ihn mit dem entsetzlichen Waldweibe sprechen.

»Was ist euch?« fragte der Mann, als er Mutter und Tochter blass und in Tränen aufgelöst fand. Keine wollte ihm Antwort geben.

Der Unglückliche ward aber seitdem nicht wieder gesehen.